필 때도
질 때도
동백꽃처럼

필 때도
질 때도
동백꽃처럼

이해인

마음산책

필 때도
질 때도
동백꽃처럼

1판 1쇄 발행 2014년 11월 25일
1판 30쇄 발행 2024년 3월 20일

지은이 | 이해인
그린이 | 전효진
펴낸이 | 정은숙
펴낸곳 | 마음산책

등록 | 2000년 7월 28일(제2000-000237호)
주소 | (우 04043) 서울시 마포구 잔다리로3안길 20
전화 | 대표 362-1452 편집 362-1451   팩스 | 362-1455
홈페이지 | www.maumsan.com
블로그 | blog.naver.com/maumsanchaek
트위터 | twitter.com/maumsanchaek
페이스북 | facebook.com/maumsan
인스타그램 | instagram.com/maumsanchaek
전자우편 | maum@maumsan.com

ISBN 978-89-6090-208-4 03810

* 책값은 뒤표지에 있습니다.

필 때도 질 때도

아름답고 고운 동백꽃처럼

한결같은 삶을 살고 싶습니다

한 송이 동백꽃 되어

동백꽃이 많이 피는
남쪽에 살다 보니
동백꽃이 좋아졌다

바람 부는 겨울에도
따뜻하게 웃어주고
내 마음 쓸쓸한 날은
어느새 곁에 와서
기쁨의 불을 켜주는 꽃

반세기를 동고동락한
동백꽃을 바라보며
나도 이젠
한 송이 동백꽃이 되어
행복하다

—이해인, 「동백꽃과 함께」 전문

프란치스코 교황님이 다녀가시며 깊고 넓고 따뜻한 사랑과 영성의 향기를 이 땅에 남기고 가신 뜻깊은 해인 2014년, 올해는 내가 1964년 봄 수녀회에 입회한 뒤 50주년이 되는 해이기도 합니다. 자연의 나이 칠순을 맞는 내 어린 시절 친구 아홉 명이 해외여행을 다녀온 후 수녀원 피정집에 2박 3일 머물며 반세기를 넘긴 이야기보따리를 풀어내는 즐거운 시간도 가졌습니다. 나이가 같은데도 그들은 '우리 수녀님 한 말씀만 하소서' 하는 표정으로 행동을 조심해가며 나의 덕담을 기다리는데 슬그머니 겁이 나기도 해서 동심으로 돌아가 마음을 내려놓고 아이처럼 자연스럽고 인간적인 대화를 많이 주고받았습니다. "넌 어쩜 한마음으로 쉽지 않은 이 길을 반세기나 살아냈는지 친구지만 대단하고 존경스러워. 우린 화장을 많이 하다 보니 눈썹도 다 없어졌는데 수녀는 그대로 있네?" 하며 웃다가 눈물 글썽이다가 하는 친구들이 전혀 어색하지 않은 식구 같았습니다. 아내로서 어머니로서 며느리로서 그리고 마침내 할머니에 이르기까지 가정에서 일인 다역의 소임을 잘해낸 친구들의 모습이 내겐 더 대단해 보였지요. 모임을 마치고는 헤어짐이 아쉬워 '초록 항아리'라는 방을 만들어 더러 안부를 주고받으며 만남을 이어가고 있습니다.

　나에겐 오지 않을 것만 같던 일흔 살이라는 나이에 드디어 도달했음을 새삼 절감하며 지냈는데 어느덧 올 한 해도 저물어가고 있습니다.

『논어』에 나오는 공자의 말처럼 '70세가 되어 뜻대로 행하여도 도에 어긋나지 않았다'고 나도 고백할 수 있으면 얼마나 좋을까 하는 고운 갈망도 지녀봅니다.

아프고 슬프고 힘든 일도 유난히 많았던 한 해라서 그런지 다른 때보다는 쉽게 자연스럽게, 기도처럼 일기처럼 짧은 시들이 생각보다 많이 쓰였습니다. 그래서 이번엔 시만 묶지 않고 딱히 제대로 쓰인 일기라고도 하기엔 좀 부족한 그대로 지난 4년간의 생활 단상들도 부분적으로 곁들여 한 권의 새로운 글 모음집을 엮어내게 되었습니다.

이 책은 지난 2010년에 나온 『희망은 깨어 있네』의 자매편이라고도 할 수 있습니다. 2008년 암 수술 이후의 두 번째 투병 시집이 되는 셈이기도 하지요. 많은 분들이, 특히 앓고 있는 분들이 『희망은 깨어 있네』를 읽고 벗이 되어주셨습니다. 이 시집을 통해서 좋은 친구가 되어주고 가족이 되어준 친지들이 있어 몸과 마음의 아픔을 순하게 견디어 올 수 있었습니다.

올 한 해도 공동체 안에서 사랑하는 여러 선배 후배 수녀님들을 저세상으로 떠나보내며 또한 밖에서 이렇게 저렇게 힘든 일로 위로받고 싶어 찾아오는 여러 이웃을 대하며 나 자신의 나약함과 무력함을 절감한 시간들도 많았습니다. 연락을 주고받던 미지의 독자들이 자살했다는 소식을 전해 들었을 적엔 며칠 동안 잠이 오질 않았습니다. 그래도 힘들 적마다 희망의 옷을 껴입으려고 노력하며 살다 보니 나의 믿음과 사랑 또한 전보다 더 단단해진 느낌입니다. 반세기를 몸담아온 수도공동체는 언제나 '나의 믿을 곳 나의 숨을 곳 나의 구원'이 되어주어 행복했습니다. 사랑이 나에게 열매 맺어준 환희심, 평상심의 새 옷을 입고 다시 매일의 길을 수도 여정을 성실하게 기쁘게 겸손하게 걸어가려 합니다.

1976년에 펴낸 나의 첫 시집 제목은 『민들레의 영토』였는데 그로부터 38년 후에 펴내는 이번 책의 제목이 『필 때도 질 때도 동백꽃처럼』인 것은 나름대로 의미가 있다고 생각합니다. 봄의 민들레처럼 작고 여린 모습의 그 수련생은 오랜 시간이 지난 지금 인내의 소금을 먹고 하늘을 바라보는 한 송이 동백꽃이 된 것 같습니다. 인생의 겨울에도 추위를 타지 않고 밝고 환하게 웃을 줄 아는 명랑하고 씩씩한 동백꽃 수녀가 되어 이 남쪽 바닷가에서 열심히 살고 있습니다. 평소에 내가 누군가에게 사적인 문자를 보내거나 편지를 쓸 적에는 곧잘 '아름다운 동백섬에 사는 동백꽃 수녀(또는 동녀童女나 복녀福女)'라고 쓰기도 했지요. 우리 수녀원에도 동백나무가 꽤 많이 있어서 방문객들이 오면 나는 늘 나무에게 미안해하며 한두 송이씩 꺾어 환영의 선물로 브로치처럼 가슴에 달아주곤 했습니다. 이 꽃을 받고 손택수 시인은 「이해인 수녀님의 동백가지 꺾는 소리」라는 시를 써서 발표하기도 했지요. 빨간색, 진분홍색, 연분홍색, 하얀색 등등 동백꽃을 자세히 관찰해보면 장미 못지않게 어여쁘고 아름답습니다. 동백꽃잎이 떨어지면 수녀들은 버리기 아까워서 늘 유리 접시나 컵에 담아놓곤 합니다.

필 때도 질 때도 아름답고 고운 동백꽃처럼 한결같은 삶을 살고 싶습니다. 새들에게 고운 먹이를 주고 열매를 잘 익혀 멋진 기름을 짜게 하는 동백꽃의 일생을 좋아합니다. 동백꽃을 닮은 예수님, 성모님, 나의 이웃을 사랑합니다. 이 책 속의 글들이 동백꽃 한 송이로 독자 여러분의 마음속에 안겨 작은 희망과 기쁨으로 피어날 수 있기를 기도합니다.

멋진 그림을 그려주신 전효진 화가님, 정성 다해 이 책을 만들어준 마음산책 가족들에게도 진심으로 고마운 마음 전합니다.

2014년 겨울
부산 광안리 성 베네딕도 수녀원에서
곱게 타오르는 동백꽃을 바라보며 이해인 수녀

□ 차례 □

수도원의 아침 식탁

햇빛 일기

슬픈 날의 일기

너도 아프니?

시로 쓴 편지

시를 꽃피운 일상의 선물   225

상처는

그리움이 되고 꽃이 되어

나를 행복하게 하네

수도원의 종소리를 들으며

맑은 종소리에
풀잎도 크는
수녀원 안뜰에서
생각하는 새

이슬 내린 잔디밭
남몰래 산책하다
고운 님 보고 싶어
애태우는 맘

찔레꽃 하얗게
울음 토하는
생각의 뒷산으로
가고 싶은 새

맑은 종소리에

나무도 크는

수녀원 언덕 위에

앉아 있는 새

시 한 줄 읊고 싶이

눈을 감는다

아득한 하늘로

치솟고 싶어

명주 올 꿈을 향처럼

피워 올린다

맑은 종소리에

마음이 크는

수녀원의 못가에서

깃을 접는 새

새벽마다

해와 함께

바다를 품는다   —이해인,「맑은 종소리에」전문

올해는 내가 수녀원에 입회한 지 꼭 50년이 되는 뜻깊은
해다. 시에 등장하는 새처럼 나 역시 삶에 대한 감사와 그리

움을 시로 기도로 노래하며 키가 크고 마음이 컸다. 4년 후인 2018년 5월은 내가 수도자로 첫 서원을 한 지 50주년이 되는 해인데 "우리 모두 그때까지 살 수 있을까? 수녀님은 지금 암에 걸렸지만 우리랑 같이 금경축은 하고 죽어야 돼요" 옆의 동기 수녀들이 걱정스레 웃으며 말한 것이 벌써 6년 전이다. 이만큼 오래 살다 보니 이젠 수도복도 많이 낡아서 기워야 되고 오른손에 끼워져 있는 종신서원 반지도 너무 닳아서 얇아졌다. 낡은 것, 헌것도 결국은 모두가 다 세월이 준 아름다운 선물임을 감사하지 않을 수 없다. 내가 학생 때 처음 만난 수녀님들 중엔 이미 저세상으로 떠난 분들이 많고 바로 며칠 전에도 「나의 기쁨」이란 시를 애송하던 수녀님 한 분이 돌아가셨다. "오늘도 창문을 열고 '기쁨!' 하고 불러봅니다. 고요하고 따뜻한 눈길로 걸어오는 기쁨을 데리고 당신께 가겠습니다"라는 구절을 화살기도처럼 외운다고 하신 김지순 도미니카 수녀님의 마지막 미소는 한 편의 시와 같이 고요하고 평화로웠다.

성당 바로 옆의 느티나무를 좋아하고 나의 글방 옆에 서 있는 살구나무를 좋아하며 사계절 내내 피어나는 정원의 다양한 꽃들의 이름을 불러주고 함께 사는 이들에게 새롭게 정들이면서 살아오는 나. 오늘도 종탑이 잘 보이는 언덕 길에서 두 손 모으고 종소리를 듣는다.

어느 수도원이나 마찬가지일 테지만 우리 집에서도 아침 점심 저녁 하루에 세 번은 삼종기도를 위한 큰 종을 치고 아침기도 낮기도 저녁기도 끝기도를 위한 작은 종을 매 기도 시간 5분 전에 친다.

식당에서 밥을 먹으며 공동 독서를 듣다가 이야기해도 좋다는 신호로, 성당에서 퇴장하는 신호로, 중요한 공지가 있다는 신호로 원장수녀가 종을 치곤 한다. 이승에서의 수도 여정을 마치고 어느 수녀가 임종했을 때에는 수련수녀가 성당 앞에서 아주 오랫동안 특별한 모양의 징으로 천천히 서른세 번의 조종을 친다.

종소리와 더불어 살아온 나의 반세기. 청빈과 정결과 순명의 수도서원을 살게 해준 사랑의 종소리. 하느님이 나를 부르는 목소리. 내가 예비수녀 시절 한번은 저녁 식사 후 공동 작업(풀 뽑기)을 하다가 옆의 자매 이야기에 몰두하느라 종소리를 미처 듣지 못해 끝기도 시간에 늦게 들어간 일이 있었다. 관습대로 용서를 청했는데 지도수녀님이 우리를 전체 수업 시간에 반성문까지 읽히며 어찌나 크게 혼을 내시던지 두고두고 잊히지 않는다. 꼭 그 일 때문만은 아니지만 함께 혼났던 선배는 그 이후 수녀원을 떠나게 되었고 서로 종종 소식을 주고받기도 하였는데 얼마 전 지병으로 세상을 떠났다는 슬픈 소식을 들었다.

지난 반세기를 한결같은 마음으로 수도원의 종소리에 순명하며 살 수 있도록 내게 도움을 준 많은 이들을 기억한다. 지금은 고인이 되셨으나 참으로 신심이 깊으셨던 내 어머니의 희생 어린 기도와 영성적인 편지들, 병약한 몸으로도 기도에는 무릇 희생이 따라야 한다며 지금도 봉쇄수도원인 가르멜 수녀원에서 늘 마음으로 함께해주는 언니 수녀님, 그 밖의 가족, 친지, 독자들 그리고 가끔은 쓴소리도 해가며 옆에서 힘이 되어주는 동기 수녀들은 혈친 못지않은 든든한 도반이고 정겨운 자매들이다.

항상 큰 단체 안에서 살다 보니 몸과 마음이 지치고 힘들 때는 종소리 없는 데 가서 얼마간 자유롭게 살아보았으면 좋겠다는 바람을 가진 적도 있었으나 막상 종소리 없는 곳으로 가서 머물게 되면 즉시 그리워하게 되는 게 신기하다. 몸은 다른 곳에 있는데도 공동 기도 시간이 되면 수도원의 종소리와 수녀들의 기도 소리가 저절로 환청처럼 들리곤 한다. 아마도 밖에서 산 세월보다 여기서 산 세월이 더 길다 보니 그런 것이기도 할 테지만 수도원의 종소리는 나의 삶을 길들이는 '지킴이'고 '수련장'이며 졸지 않고 깨어 살게 재촉하는 '죽비' 역할을 해온 것이기에 그를 떠나면 이내 걱정이 되고 불안하도록 그리워지는 것이리라. 좀 더 선해지고 좀 더 진실해지고 좀 더 아름다워지라고 오늘도 종소리는 처음의 사랑으로 나를 부르고 있으니 행복하다. 오늘도 거룩함에 대한 열망을 새롭게 하며 높은 종탑을 올려다보는데 하얀 나비 두 마리가 가벼운 수호천사처럼 나풀거리며 나를 향해 날아오니 마치 내가 한 송이 꽃이라도 된 듯 황홀하다.

언젠가 내가 죽어 어느 수녀가 엄숙하게 조종을 치는 그 순간까지 나는 지금 여기의 수도 여정에서 종소리를 더 잘 듣는 수도자로 살아야겠다고 다시 한 번 겸허하게 다짐해본다.

항상 들어도
항상 새로운
당신의 첫 소리

방황하며
지친 내 영혼
울다 울다 쓰러져
다시 들으며
나를 찾네

멀리 있고
높이 있어도
늘 가깝고
귀에 익은
그리움의 힘이여

죽어도 잊을 수 없고
절망 속에도
쉽게 떠날 수 없는
처음의 사랑이여   ─이해인, 「종소리」 전문

기쁨의 맛

바람 부는 날

나뭇잎도
꽃잎도
강물도
오늘은
사정없이
흔들리는데

밖이 흔들릴수록
내 마음은
중심을 잡고
흔들리지 않아

새삼
행복하다

처서 일기

더위 속의 바람
바람 속의 더위

여름 내내
성가신 친구였던
모기와도
고운 마음으로
작별을 고하며

하늘을 보니
저만치서
가을이 웃고 있네

가을에는 더 착해질 것을
다짐하는 마음에
흰 구름이 내려앉네

삶이 무거우니

삶이 무거우니
몸도 무겁네
몸이 무거우니
맘도 무겁네

고향에 갈 때는
몸도 맘도
가볍게 해달라고
흰 구름에게 부탁한다
꽃들에게 부탁한다
새를 보고 부탁한다

아직은 살아서
행복한 내가
웃고 또 웃는다

기쁘게 떠나려고
가볍게 오르려고

책이 되는 순간

살다 보면
내가 당신 앞에
책이 되는 순간이 있어요

대충 넘기지 말고
꼼꼼히 읽어주세요
스치지만 말고
잠시 사랑으로
머물러주세요

그 무엇과도 바꿀 수 없는
한 권의 책인 내가
당신을 읽는다는 것도
기억해주세요

끝까지 다 읽어보지도 않고
나를 판단하진 말아주세요
제발 부탁입니다

어느 날

아름다운 우정이

우리 사이에 꽃으로 피어나는 기쁨을

기대할게요

눈물 예찬

웃음도 좋지만
눈물도 좋다
사람이 때에 맞게
울 수 있는 것도
축복이다

가끔 눈물을 담고 있는
나의 눈을
가만히 들여다본다

젊어서는 나를 위해
많이 울었다면
지금은 오히려
남을 위해 더 많이 우는
나를 본다

새로운 발견!
이러한 내 모습이
모처럼 마음에 든다

꽃밭 편지

수녀님 생일 선물로
내가 꽃을 심은 거
보았어요?

'꽃구름'이란 팻말이 붙은
나의 조그만 꽃밭에
80대의 노수녀님이 심어준
빨간 튤립 두 송이가
활짝 웃으며
나를 반기는 아침

처음 받아보는
꽃밭 편지로
나에겐 오늘
세상이 다 꽃밭이네

내 동생, 로사

나보다
네 살 아래인
내 하나밖에 없는
여동생

어머니가 세상을 떠나시니
동생이 나에게
엄마 노릇을 하네

귤 사과 배 바나나
키위 포도 수박 참외

암 환자는 여러 종류의 과일을
먹으면 좋다는 말을
어디선가 들은 후엔
어쩌다 방문하면
여덟 가지 과일을 접시에
담아오는 내 동생

마음이 곱고
표정이 밝고
유머도 많은
넉넉한 내 동생

신심이 넘쳐
하루 종일
묵주를 들고 사는 동생

동생을 생각하며
빙그레 웃어본다
자주 못 만나도
늘 든든하다

오늘도 장미처럼
삶의 가시 속에서도
향기를 모아 행복한
이로사, 나의 꽃동생

나무가 나에게

아파도
아프다고
소리치지 않고

슬퍼도
슬프다고
눈물 흘리지 않고

그렇게 그렇게
여기까지 왔습니다
견디는 그만큼
내가 서 있는 세월이
행복했습니다

내가 힘들면 힘들수록
사람들은 날더러
더 멋지다고
더 아름답다고
말해주네요

하늘을 잘 보려고
땅 깊이 뿌리내리는
내 침묵의 언어는
너무 순해서
흙이 된 감사입니다

하늘을 사랑해서
사람이 늘 그리운
나의 기도는
너무 순결해서
소금이 된 고독입니다

아기에게

말도 할 줄 모르는 네가
처음으로
세상을 향해 웃는 오늘
왜 이리 가슴이 벅찬지!
나에게도 그런 날이 있음을
떠오르게 하는 너

너를 보는 동안은
세상의 모든 근심과
어두운 불안 두려움
떨쳐버리고

오직
네 웃음에 물들어
우리도 밝게 웃기만 하니

아기야 고맙다
네가 있어
갑자기 세상이

환해졌다

나도 행복해졌다

꽃과 기도

슬플 때도 꽃
기쁠 때도 꽃

사람들은
늘 꽃을 찾으며
위로를 주고받지

슬플 때도 기도
기쁠 때도 기도

무슨 일이 생기면
사람들은
기도부터 청하면서
마음의 평화를 구하려고 하지
꽃이 기도가 되고
기도가 꽃이 되는
아름다운 길 위에서
꽃을 닮은 사람들을 보니
너도 행복하지 않니?

동백꽃과 함께

동백꽃이 많이 피는
남쪽에 살다 보니
동백꽃이 좋아졌다

바람 부는 겨울에도
따뜻하게 웃어주고
내 마음 쓸쓸한 날은
어느새 곁에 와서
기쁨의 불을 켜주는 꽃

반세기를 동고동락한
동백꽃을 바라보며
나도 이젠
한 송이 동백꽃이 되어
행복하다

나비에게

너는 항상
멀리 날아야 되니
아파도
아프다고 말 못할 적이 많지?
사랑의 먼 길을 떠나는
나도 그렇단다

백일홍 꽃밭에
잠시 쉬러 온 네게
나는
처음부터 사랑을 고백한다
샛노란 옷을 입고
내 앞에서 춤추는 너를 보는데
가슴이 뛰었단다

내가 하고 싶은 말을
너는 이미 알고 있지?
나의 눈물도
너는 보았지?

내가 기쁠 때
함께 웃어다오
내가 힘들 때는
작은 위로자가 되어다오

친구에게

네가 늘
내 곁에 있음을
잠시라도 잊고 있으면
너는 서운하지? 친구야

기쁠 때보다
슬플 때
건강할 때보다
아플 때
네 생각이 더 많이 나는 게
나는 좀 미안하다, 친구야

아무런 꾸밈없이
있는 그대로의
내 모습을 보여도
부끄럽지 않아서 좋은 친구야

네 앞에서 나는
언제 철이 들지 모르지만

오늘도 너를 제일 사랑한다
네가 나에게 준 사랑으로
나도 다시 넉넉한 기쁨으로
다른 사람들을 사랑하기 시작한다

매일의 다짐

사랑과 용서는
어쩌다 마음 내키면 하는
그런 것이 아니야

아침에 눈을 뜨고
저녁에 눈을 감을 때까지
하루의 모든 순간에

사랑이 필요하고
용서가 필요하고
화해가 필요하다

그래서
순간마다
깨어 있지 않으면
큰일 나는데

그것이
너와 내가 살아가는

인생인 거야, 알았지?

나도 다시 알았어

비를 맞으며

오늘은 우산을 쓰지 않고
일부러 비를 맞습니다

톡 톡 톡
빗방울이
나에게 노크하며
하는 말

'울고 싶으면
참지 말고 울어봐요
우는 걸 부끄러워하면 안 돼요'

내가 요즘 울고 싶어도
못 우는 것을
빗방울은 눈치챘나 보다
나는 갑자기 웃음이 나서
잔디밭으로 뛰어갔다
울음 대신 웃음이 나와
비를 보고 노래를 불렀지

마음이 아플 때

몸이 아플 땐
먹는 약도 있고
바르는 약도 있는데

마음이 아플 땐
응급실에 갈 수도 없고
기도밖엔 약이 없네

누구를 원망하면
상처가 된다는 것을 알기에
가만히 가만히
내가 나를 다독이며
기다리다 보면
조금씩 치유가 되지
슬그머니 아픔이 사라지지

세월이 나에게 준
선물임을
다시 기뻐하면서

입춘 일기

겨울이 조용히 떠나면서
나에게 인사합니다
'안녕! 다음에 또 만날 수 있기를'

봄이 살그머니 다가와
나에게 인사합니다
'안녕? 또 만나서 반가워요'

딱딱한 생각을 녹일 때
고운 말씨가 필요할 때
나를 이용해보세요

어서 오세요, 봄!
나는 와락
봄을 껴안고
나비가 되는 꿈을 꿉니다

해 뜰 무렵

태양이 얼굴을 보이기 전
하늘이 붉게 물들었는데
벌써부터 마구 가슴이 뛰네

바다 위로
그 둥근 얼굴이
크게 떠오르면
나는 어떻게 첫인사를 할까

시가 내 마음에 떠오르기 전
내 마음을 휘감는
그리움의 황홀한 빛깔로
천천히
엄숙하게 떠오르는 해

나는 오늘도
그 앞에서
살고 싶다 살고 싶다
기쁨의 첫 서원을 하네

가을에

가을에
바람이 불면
더 깊어진 눈빛으로
당신을 사랑한다고
말하겠습니다

가을에
나뭇잎이 물들면
더 곱게 물든 마음으로
당신이 그립다고
편지를 쓰겠습니다

가을에
별과 달이 뜨면
더 빛나는 기도로
하늘을 향하겠습니다

그리고 당신을 사랑하기에
이 세상 모든 것을

이 세상 모든 사람을
더 넓게 사랑하는
기쁨을 배웠다고
황금빛 들판에 나가
감사의 춤을 추겠습니다

기쁨의 맛

바람에 실려
푸르게 날아오는
소나무의 향기 같은 것

꼭꼭 씹어서 먹고 나면
더욱 감칠맛 나는
잣의 향기 같은 것

모든 사람을
차별 없이 대하고
사랑할 때의
평화로움 같은 것

누가 나에게
싫은 말을 해도
내색 않고
잘 참아냈을 때의
잔잔한 미소 같은 것

날마다 새롭게
내가 만들어 먹는
기쁨 과자 기쁨 초콜릿
기쁨 음료수

그래서 나는 평생
배고프지 않다

해를 보는 기쁨

해 뜨기 전에
하늘이 먼저 붉게 물들면
그때부터
내 가슴은 뛰기 시작하지

바다 위로
둥근 해가 서서히 떠오르는 아침
나는 아무리 힘들어도
살고 싶고 또 살고 싶고
웃고 싶고 또 웃고 싶고

슬픔의 어둠 속에 갇혀 있던
어제의 내가 아님에
내가 놀라네

날마다 새롭게 떠오르는
둥글고 둥근 해님
나의 삶을
갈수록 둥글게 해주셔서

고맙습니다

날마다 새롭게 떠오르는
빛을 내는 해님
만나는 모든 이를
빛으로 사랑할 수 있게 해주셔서
고맙습니다

아침 노래

아침은
하얀 치약의 향기로
나를 깨우네

매일
경건하게
치약을 짜며
조금씩 줄어드는
나의 남은 시간을
헤아려보네

치약을 한입 물고
거울을 보면
나를 향해
환히 웃는
나의 얼굴

줄어드는 시간을
두려워 말라고?

그의 빈자리에
순결하고 견고한
희망을 꽉 채워 넣으라고?

꼭 그래야 한다고
그러면 좋다고
거울 속의 얼굴이
내게 말하네

읽는 여자

나는 일생을
그냥
읽는 여자로
단순한 수녀로
살았습니다

끝없이 많은
책을 읽고
사랑을 읽고
날씨를 읽고
꿈을 읽으며
힘든 적도
조금 있었지만
더 많이 행복했습니다

세상을 잘 읽고
사람을 잘 읽어
도道에 이를 수 있는
지혜를 구하며

오늘도 길을 갑니다

나의 숙제는
아직도 끝나지 않은
기도입니다

수도원의 아침 식탁

어느 노수녀의 고백

나는 말이야
살다 보니 벌써 백 세가 되었네
연길에서 내려와 함께 살던 이들
모두 다 나보다 먼저 가고
이젠 나만 남았잖아
어찌해야 할지 정말 모르겠네
후배들에게 부끄럽고 민망하고……
왜 이렇게 오래 사는 것일까?
수녀가 말 좀 해봐요
내가 그래도 수녀를 알아보는 게 신기하지?
정말 오랜만에 내 방에 왔구면
시는 성령의 날개라고 내가 말한 것 기억나?
수녀의 모친이 나에게 처음으로
뜨거운 성령 기도를 가르쳐준 것 잊을 수가 없네
바빠도 절대
무리하지 말라고, 알았지?
내 몸은 힘이 드는데
그래도 마음은 천국이야
나의 선종을 위해 기도해주길 바라

수도원의 아침 식탁

독서자가 큰 소리로
책 읽는 소리를 들으며
밥을 먹는데

식탁 위의 반찬도
숟가락 젓가락도
나보다 먼저 엎디어
기도를 바치고 있네

침묵 속에 감사하며
엄숙하게 먹는 밥도
수십 년이 되었건만

나는 왜 좀 더
거룩해지지 못할까
밥에게도 미안하네

멀리 바다가 보이고
창가에선 고운 새가 노래하고

니는 환히 웃으며

일상의 순례를 시작하네

수도원 복도에서

사계절 내내
우리 수도원의 복도는
침묵 속에 말한다
인생 여정을 길게 펼쳐 보이는
하나의 길이 된다

창문을 통해
하늘과 바다를 보고
산과 나무들을 보며
나는
가만히 서 있기도 하고
바삐 일터로 향하는 수녀들과
눈인사를 나누기도 하는 곳
먼저 세상을 떠난 이들의
쓸쓸한 그림자가
비치기도 하는 곳

오늘도
성당으로 식당으로

침방으로 정원으로
내가 살아서 걸어가는
삶의 구름다리
내가 제일 사랑하는
길 위의 집

내가 순례객임을
시시로 일깨워주는
수도원의 복도에서
나의 일생은 기도가 되네

꿈속의 길

꿈나라에서
내가 만나는 이들은
늘 선한 얼굴을 하고 있다

아름다움을 향한 그리움으로
집을 향하는 사람들도 많아
행복하다

좋은 생각만 하고
좋은 말만 하며
평생을 살기는 어렵겠지만
꿈길에서는 가능해
나는 꿈의 나라에서
곧잘 천사가 된다

미움도 탐욕도 없는 나라가
천국이긴 하지만
그렇다고 죄 있는 사람이
갈 수 없는 곳은 아니어서

오늘도 우리는 계속
눈물 흘리며
참회하는 것이겠지

가벼운 게 좋아서

삶은
갈수록 무거운데
나는 갈수록
가벼운 것만 좋아하니
어쩌나?

옷도 가벼운 게 좋고
책도 가벼운 게 좋고
이야기도 가벼운 게 좋고
때로는 무거워야 할 기도조차도
가벼운 게 좋으니 어떡하지?
무거운 것은
생각하기도
쳐다보기도 싫으니
어떡하면 좋지?
전에는 이렇지 않았는데
내가 나이를 먹어서인가?
바보가 되어가는 징조인가?
오늘은 낙담한 내가

더욱 무거워

우울하고 우울하다

일기
―범일동 성당에서

한국전쟁 때
범일동 시장터에서
가족들과 함께
하얀 손수건을 팔던
다섯 살 어린 소녀는
이제 수녀가 되어
60년 만에 이렇게
성당에서 특강을 하게 되니
감회가 깊어요

여러분의 모습이
다 정다운 친척 같아요
아름다운 손수건으로
제 앞에 펄럭입니다
손수건 위에 수놓았던 꽃처럼
착하고 고운 마음으로
인사드리고 싶어요

피난 시절

함께 살던 가족들은
거의 다
이 세상을 떠났고
저의 떠남도
그리 멀진 않았지만
오늘 이렇게
시장터에서 일하는 분들이 많은
범일동에 오니 고향에 온 것처럼
고맙고 반갑습니다

하도 추워서
울며 걸었던
철로에도 가고 싶고
세 들어 살았던 그 집에도
다시 가보고 싶은 오늘
하얀 손수건 흔들며
고운 춤을 추어드릴게요
"천사의 말을 하는 사람도
사랑 없으면 소용이 없고……"

이어지는 성가에 맞추어
어쩌면 마지막이 될지도 모를
춤을 추어드릴게요, 나비처럼, 바람처럼

성서 예찬

아직 들어가지 않고
잠시 바라보기만 하는데도
황홀한 빛을 뿜어내는
단 하나의 보물섬
아무도 여기서는
굶주리지 않습니다
목마르지 않습니다
누구도 여기서는
길을 잃지 않습니다
외롭지도 않습니다
한 번 들어가면
나오고 싶지 않은 평생의 집
꿈을 퍼가도 꿈이 남아 있는 그리움의 바다
세상에서 가장 아름다운 섬인 성서 안에서
우리는 다시 사랑을 시작합니다
감사의 보물을 캐고 또 캐는
참 행복을 맛봅니다
우리의 구원인 성서
영원한 기쁨인 성서

성서가 있기에
오늘도 숨을 쉬며 살아갑니다
살아서 우리 또한
서로가 서로를 빛내주는
보물이 됩니다

애인 만들기

세상 사람들이
갈수록
더 예쁘고 사랑스럽다
처음 보아도
낯설지 않다

내 안에 숨어 있는
천사가 날마다 새롭게
부활하나 보다

자기가 가장 못난 죄인이라고
우는 사람도 예쁘고
자기 혼자 의인인 듯
잘난 체하는 사람도
조금 어리석어 보이지만
밉지는 않다

그래서 나는
모습도 사연도 다양한

세상 사람 모두를
애인으로 삼기로 했다

갑자기 애인이 많아지니
황홀하다
기쁜 그만큼
쉴 틈 없이 바쁘고
때론 아프기도 하다

그러나 나는
이 바쁨과 아픔을
밀쳐내지 않고
소중하고 겸손하게
기도로 만들어가는
수행자가 되기로 했다

내가 애인으로 선택한 이들에게
갈수록 충실한 애인으로
더 많이 사랑하기로 했다

나의 꿈은 비로소
이루어졌다

달빛 일기

어린 시절부터
나는
달만 뜨면
달만 보면
너무 기뻐서
어쩔 줄 몰라 했다

서울에도 뜨는 달이
부산에도 뜨는 게
신기하고 신비해서
달밤의 소녀는
달밤의 수녀가 되어
세상 어디에나
골고루 떠 계신
하느님을 믿었다
믿으면 믿을수록
평상심과 환희심이
달빛으로 출렁였다

이젠 나도
정든 세상을
떠날 일만 남아서
밤마다 하늘 높이
달로 뜨는 꿈을 꾼다

넘치도록 받은 사랑
말로는 다 못하니
둥근 달로 떠서
위로가 필요한 이들에게
고요한 달빛으로 스며드는
고요한 사랑이 될 수 있다면
그럴수만 있다면
얼마나 좋을까

침묵 연가

가장 투명한 거울
당신 앞에선
나의 일생이
다 보이네요

겉은 차갑고 속은 따스한
당신이 있어
오래오래
허물 많은 나를
기다려준 당신이 있어
여기까지 왔습니다
슬픔도 아픔도 억울함도
고요한 눈길을 하고
어느 순간 내게 와서
기쁨이 되었습니다
갈수록 더
당신을 사랑하지 않을 수가 없네요
기도의 거울인 당신 앞에 서면
오늘도 맑고 정직해집니다

너무 행복해서

조금 울게 됩니다

나 자신이 온전한 침묵으로

스러질 때까지

나는 더 당신을 사랑하며 살겠습니다

나의 믿을 곳 나의 숨을 곳

나의 구원이 되어주세요

매실 베개

친구가 만들어준
매실 베개를 베고
꿈속에 들어가니 행복하다

매화가 활짝 핀 동산을 거닐며
미소가 꽃을 닮은
수녀들을 만나고
시간 속에 익어간
시의 열매도 만나지

오늘보다
더 아프게 살아갈
내일이 두려워
살짝 한숨도 쉬면서
걱정이 가득한데

지금은 그냥 그냥
편히 쉬기만 하라고
매실 베개는 나를 밀어내

침대에서 떨어질 뻔했지

매일 밤 매실 베개를 베고
나는 선한 마음 가꾸어야지
천국으로 가는 꿈을 꾸어야지

헛된 결심

어떤 일이 있어도
남의 흉을 보진 말아야지
결심하고
또 그리하네

아플 땐 아픈 얘기
많이 하진 말아야지
결심하고
또 그리하네

슬플 땐 슬픈 얘기
많이 하진 말아야지
결심하고
또 그리하네

그래서 이제
결심은 안 하고
실천부터 먼저 하기로
작전을 바꾸어보는데

그래도 될까? 잘될까

정말 모르겠네

말과 침묵

말을 전혀 안 해도
따스한 사랑의 향기가
전해지는 사람이 있고

사랑의 말을 많이 해도
사랑과는 거리가 먼 냉랭함이
전해지는 사람이 있지

말과 침묵이
균형을 이루려면
얼마나 오래
덕을 닦아야 할지

침묵을 잘 지킨다고
너무 빨리 감탄할 일도 아니고
말을 잘한다고
너무 많이 감탄할 일도 아닌 것 같아
판단은 보류하고
그냥 깊이 생각해보자

사랑 있음과 사랑 없음의

그 미묘한 차이를

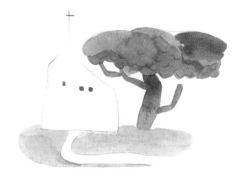

나의 방에서

침방
침실
수방
으로 불리는

나의
자그만 방
조은집 407호실

여기서 나는
오랜 시간
생각하고
기도하고
꿈꾸고 잠들었지

언젠가는
먼 길 떠나
이 방을
비우고

다른 이가 들어와
살게 되겠지

오늘은
처음으로 이 방이
바다 위에 뜬 섬 같기도 하고
기쁘게 항해하는
한 척의 배와 같이 느껴져서
창문을 열어보네

내가 살아 있어
새롭게 정겨운
나의 방에서

행복은 이리도
가까이 있는 것을 깨닫는
가을의 아침

용서 일기

생각만으로
용서하는 건
용서가 아닙니다
실천하고 또 실천해야
용서 근방에 있는 거예요

몇 시간은 며칠이 되고
몇 달은 몇 년이 되고
평생으로 갈 수도 있으니

힘들어도 용서는
빨리 할수록 좋고
다른 이의 잘못을 되새김하며
시간을 미룰수록 안 좋은 것
알면서도 잘 안 되지요?

뜻대로 되지 않아 힘이 들 적엔
하늘 보고 웃어요
간절하고 단순하게

기도를 해요

미움의 지옥
불화의 연옥
다시 만들지 말고
평화의 천국을
앞당겨 살 수 있게

오늘도
최선을 다해보기로 해요

끝기도

하느님
오늘 하루도
감사했습니다

순간마다
인내하고
순간마다
용서하는
하루의
길 위에서

참으로
수고가 많았다고
제가 저를 조금만
다독여주어도
괜찮겠지요?

살아갈수록
나이 들수록

제가 드릴 말씀은

왜 이리

가난한가요?

오늘도 어제처럼

내일도 오늘처럼

변함없이 깨어 살도록

저를 도와주십시오

햇빛 일기

봄 일기

나는 숨어서 울고 싶은데
봄볕이 자꾸만 신호를 보내
밖으로 나가
웃음을 안고 들어왔지

누구하고도 말하고 싶지 않은
시무룩한 날

새들이 자꾸만 신호를 보내
나는 창문을 열고
노래를 따라 불렀지

넘어진 나를 일으켜 세우는
고마운 봄

광안리에서

바다를 보며
소나무를 보며

광안리에서
50년을 살았어요

바다는 나에게
넓어져라 하고
소나무는 나에게
늘 푸르러라 하고

말 잘 듣고 사느라
종종 힘이 들었어도
지금은 행복해요

바다의 출렁임
소나무의 꼿꼿함
모두가 사랑이지요

이젠 보기만 해도

그 마음 압니다

춘분 연가

밤의 길이
낮의 길이
똑같은 오늘

흰 구름 닮은 기쁨이
뽀얗게 피어오르네

봄꽃들은 조심스레 웃고
봄을 반기는 어린 새들은
가만히 목소리를 가다듬고

그대를 향한 나의 사랑도
밤낮이 똑같은 축복이 되기를
이웃 향한 나의 우정도
일을 향한 나의 열정도
밤낮이 똑같을 수 있기를
나의 인품도 조금씩
더 둥글어져서
일 년 내내

일생 내내 똑같을 수 있기를
기도해보는 오늘

바람이 차갑게 불어와도
마음엔 따스함이 스며드는
춘분의 축복이여

살구꽃 필 무렵

친구야
해마다 살구꽃이 피면
꽃나무 아래 서서
네 이름을 불러본다

바람에 떨어지는
꽃잎을 보면
그냥 눈물이 난다

살아서
또 한 번의 봄을 사는 게
하도 감동스러워서
또 한 번 너를 볼 수 있는 일이
복에 겨워서 눈물이 난다

꽃잎 속에 접힌
너와 나의 시간들은
그대로 러브레터가 되고
떨어지는 꽃잎들은

그대로 추억이 되고

친구야 사랑한다
우리 더 열심히 살자

비눗방울 소녀

기도하면
그림이 보인다는
어떤 분이 내게 말했다

고운 비눗방울 만들어
사람들에게 나누어 주는
한 소녀가 보이네요
나누어 줄 사람이 많아
고민하는 모습까지……

아이야
걱정 말고 나누어 주렴
얼마든지 내가 만들어줄 테니

말씀하시는
아버지의 모습도 보이네요

나는 그날
행복해서

많이 웃었다

비눗방울은
희망이고 사랑이겠지
밖으로 사라져도
안으로 남아 있는
비눗방울의
동그란 꿈속에
나는 날마다
부자로 태어나네

어느 독자에게

새들도 정원에서
조심스레 기도하는
수도원의 오후

오늘은 그대의 편지가
저를 감동시켜
기도하지 않을 수가 없어요
고운 카드에
정성껏 보내준 글을 보고
조금 울었답니다

지나온 30년 동안
내 부족한 글들이
삶의 어려운 순간마다
힘이 되었다고 하셨지요?

어디선가 만두 가게를
하고 계시다지요?

그대가 만두를 빚으며
또 하루를 시작하듯이

나도 시를 빚으며
하루를 시작할게요

먼 데서도 가까운 마음으로
서로를 위한
우정의 다리 놓으며
더 열심히 살아요, 우리
기쁜 만남을 준비해요, 우리

나무에게

나무야 안녕?
너는 내가
자면서도 무슨 생각을 했는지
다 알고 있지?
사람들은
내 말을 건성으로 듣는데
너는 항상
끝까지 잘 들어주고
때로는 앞질러 들어주어
정말 고마워
사랑은
잘 듣는 것 외에
다른 것이 아님을
너는 매번 새롭게
깨우쳐주는구나
나도 너를 닮은
한 그루 나무가 되어
세상을 향해
두 팔 벌리고

사람들을 만날게
사랑의 첫 마음으로
잘 듣는 사람이 될게

꿈에 본 바다

꿈길에도
바다에 가는 길은
늘 가슴이 뛰었지

바다의 마음을 지닌
친구가 곁에 있어
더욱 행복했다

꿈길을 빠져나와서도
하루 종일
바다가 출렁이는
나의 시간들

바다를 보고 와서
나는
만나는 사람들을
더 넓게 사랑한다
더 넓게 용서한다

마침내는

나도 하나의 바다가 되어

영원의 하늘을 안으려고 한다

새들의 아침

무엇을 먹어
저리도 밝고 맑은 소리로
새들은 나를 깨우는지

몸의 무게와
욕심의 무게를
덜어내고 싶어도
뜻대로 되지 않아
오늘도 걱정하는
많은 이들에게

가벼운 새들은
무겁게 말을 하네

먼저
순간순간을
열심히 살아보세요
조건 없이 사랑해보세요

그러면

어느 날 가벼워진

자신을 보게 될 거예요

낯선 시간

어느 날
빙빙 도는 어지럼증에
눈 감으면 금방 죽을 것 같던
그 낯선 순간들이
벌써 몇 번째인지
침대 위에 누워
안간힘을 쓰다가
이마에 상처를 냈다

나는 큰일인데
아무 일 없다는 듯이
무심히 제자리에 있는 세상
나 홀로 외로웠지
기적처럼
다시 돌아온
나의 일상이
너무 낯익어서
오히려 낯설다

이젠

한 걸음 한 걸음

내 발로 내딛는

생의 모든 순간이

너무 소중해서

잠시 낯설다

또 살아봐야지

햇빛 일기

오늘도
한줄기 햇빛이
고맙고 고마운
위로가 되네

살아갈수록
마음은 따뜻해도
몸이 추워서
얼음인 나에게

햇빛은
내가
아직 가보지 않은
천상의
밝고 맑은 말을
안고 와
포근히
앉아서
나를 웃게 만들지

또
하루를
살아야겠다

새에게 쓰는 편지

오늘도 잊지 않고
와주어 고마운 새야
너는 오늘 내게
무슨 말을 해주고 싶니?

너를 보면 그냥 좋아
자꾸 살고 싶어져
늘 한숨 쉬고
푸념이 심한 내가
너는 힘들었지?

삶이 허무하다는 말
하지 않을게
사랑받는 그만큼
외롭다는 말도 하지 않을게

네가 너의 노래를 부르는 동안
나도 나의 노래를 부를게
미루었던 기도를 다시 시작할게

사랑한다, 나의 새야
눈도 작고 가슴도 작지만
목소리는 아름답게 크고 넓어
온 우주를 안고 있는 고운 새야

언제나 부르면 날아오는
나의 애인 나의 친구
천사의 날개를 지닌
행복한 새야

임시 치아

밤새 어떤 일로
고민을 하고 나니
제자리에 있어야 할
치아 한 개가
툭 하고 떨어진다
아프지도 않은데
가슴이 철렁했지

치과에 가서 힘들게
임시 치아를 하나 박고 나니
딱딱한 것 끈적거리는 것은
절대로 먹지 말고
조심하라고 한다
어쩌다 떨어지면
다시 오라고 한다

이젠 날더러
그만 살라는 말인가 하고
근심하고 우울해하다가

임시 치아라도 할 수 있는 걸
다행으로 여겨야지 하며
거울을 보는데

'그래도 웃으세요!'
또 하나의 내가
나에게 용기를 준다
창밖의 새들도
명랑한 목소리로
인사를 한다
새들처럼 나도
음식 절제하는 법을
조금씩 배워야지
다짐하며 임시 치아를
조심스레 만져본다

안구건조증

수녀 할머니! 어느 어린이가
나를 부르는데
깜짝 놀라며
내가 할머니임을 잊을 뻔했네

요즘은
인공 눈물이라도 넣어야 할 만큼
하루 종일 눈이 건조하고
쉽게 피곤하고
그래서 나의 삶도 빡빡하다

'귀는 아직 살아 있으나
눈이 침침해진 할머니 맞네'
거울 앞에서 씨익 웃어본다
심한 근시인 내가
살아 있는 동안은
그래도 사람과 사물을
옳게 볼 수 있길 기도하면서

나이와 달리
마음만 어리고 젊은
이 할머니를
다시 사랑하기 시작해야지

엄마의 사랑

엄마는 오래도록
무덤 속에 계신데
엄마의 사랑은
죽지도 않고
날마다 새롭게 부활하여
나에게
살이 되고
뼈가 되고
피가 되네
엄마의 사랑을
새 옷으로 입고
나는 오늘도
살아갈 힘을 얻네

내가 나에게

오늘은 내가
나에게 칭찬도 하고
위로도 하며
같이 놀아주려 한다

순간마다 사랑하는 노력으로
수고 많이 했다고
웃어주고 싶다

계속 잘하라고
힘을 내라고
거울 앞에서
내가 나를 안아준다

눈꽃 편지

손발이 시려우니
마음마저 춥네요
내 일생 동안 받은 사랑
날마다 새롭게
눈꽃으로 피는 겨울
눈꽃 사랑 모두 아름답긴 하지만
내가 가질 수는 없기에
조금은 쓸쓸해도 자유롭네요
한겨울의 얼음 밑으로 흐르는
봄의 소리에 가만히 귀 기울여야
잘 들을 수 있겠지요
사랑받는 그만큼
더 열심히 살아야겠다고
오늘도 깨어 있는 나에게
벗을 찾는 한 마리 새가
자꾸만 말을 걸어오네요

3월의 바람

필까 말까
아직도 망설이는
꽃의 문을 열고 싶어
바람이 부네

열까 말까
망설이며
굳게 닫힌
내 마음의 문을 열고 싶어
바람이 부네

쌀쌀하고도
어여쁜 3월의 바람
바람과 함께
나도 다시 일어서야지
앞으로 나아가야지

일흔 살 생일에

일곱 살의 어린이 마음으로
일흔 살의 생일을 맞는 오늘
아침부터 자꾸만
자꾸만 웃음이 나오네
아직도 어른이 되지 못하고
갇혀 있는 내 마음속의 아이가
그냥 이렇게 살아도 될까요?
부끄러워하지 않아도 될까요?
조용히 물어보는데
나는 무어라고 대답할까
사랑을 더 많이 해야 철이 들 것이니
이젠 그만 창을 열고 나와서
하늘을 보라고 해야겠지
진짜 한 번 큰 어른이 되라고 해야겠지
뜻대로 행해도 어긋나지 않는다는
고희의 나이에 이르러
다시 한 번 희희낙락한 동심을
회복하면서
부끄럽지만 행복해야겠다

슬픈 날의 일기

꿈에 본 어머니

하늘나라 가신 어머니가
꿈속에 나타난 날은
꿈에서도 행복하여
깨어나기 싫어

생전보다
더 통통하고 동그란 모습으로
은은한 웃음 머금고
딸을 축복하는 엄마의 모습

엄마를 보고 나면
모든 일이 다 잘될 것 같고
모든 근심이 다 스러지고

그래서 금방 행복해지네
어머니의 영을 받아
나도 넉넉하고
따뜻한 마음으로
모든 이의 어머니가 되네

어떤 그리움

숲길에서
잔디밭에서
나와 눈이 마주쳤던
그 조그만 새들은
어디로 갔을까

언젠가 나의 창가에
깃털 한 개
살짝 남겨두고 떠난
그 새가 보고 싶어
하늘을 보네

나의 꽃밭에서
즐겁게 노닐던
하얀 나비들은
어디로 갔을까

바닷가에서
나에게 깊은 말을 건넸던

어느 날의 파도
수평선 너머의 흰 구름은
어디로 흘러갔을까

오래 만나
익숙한 것들
다 그리워할 틈도 없는데
왜 사라진 것들이
꼭 한 번밖엔 만난 적 없는
그런 존재가
문득 보고 싶은 걸까
가만히 가만히
그리움으로 밀려오는 걸까

산에 당신을 묻고

깊은 산에
당신의
살과 뼈를 묻고

산보다 큰 슬픔 하난
가슴에 품고
내려오네

소리쳐 울면
이 슬픔도
가벼워질 것 같아서

나는 이제
울지도 못하네

햇빛을 데리고
당신이 쓰던 빈방에 들어가니
들려오는 목소리

지상에 머무는 동안
햇볕을 많이 쪼이고
사랑도 많이 하고
평범한 행복을
즐기고 오라 하네

옷 정리

옷장을 열고
정리를 시작하는데
몇 가지 안 되는 옷들도
저마다 나에게
할 이야기가 많네

웃다가 울다가
침묵하다가
넌지시 한마디씩
말을 건네오네

'그때 그 일엔 지혜가 좀 부족했구요'
'이 옷을 입고 만난 그 사람에겐
좀 더 호의를 갖고 대해도 좋았을 거예요'
'그땐 좀 더 참았으면 좋았겠어요'

그랬구나
그랬구나

옷에 묻어 있는
시간의 흔적들을
다 지우지도 못하고

나는 지난 일을
시원하게
놓아버리지도 못하고

내가 입던
헌 옷들이
새로운 그리움으로 살아와
오늘도
정리를 못하고
하루해가 가네

작은 기도

하느님
오늘은
눈물이 그리워요
제 안에 커다란
사막이 생겼는지
메마르고 답답해도
눈물샘이 마른 저를
견디기가 힘들어요

기뻐도 슬퍼도
눈물이 넘치던
제 모습을 기억합니다

아주 조금만
울 수 있게
저를 도와주셔요

오늘은
꼭 한 번

울어야만
다시 살 것 같아요
하느님

무거운 눈

늘
가벼워서 좋다고 말해왔던
눈이 쌓이고 쌓이면
나무도 무너뜨리고
집도 무너뜨리고

무거워서 무서운 눈을
처음으로 원망하였다

눈 때문에 갇힌 사람들
눈 때문에 집을 잃은 이들
눈에 묻혀
죽은 사람들을 기억하며

나는 내내
벌받는 눈사람으로
슬픔을 달래고 있네

이별의 슬픔

가지 마 가지 마
나는 자꾸 붙들고

가야 해 가야 해
너는 계속 떠나고

나의 눈물도 이제는
소용이 없나 보다

우리를 갈라놓은
운명의 시간이
야속하기만 하네

나는 이제 그만
할 말을 잃었다
네가 떠난 후
나에겐 어떤 기쁨도 없다
이별은 또 하나의 죽음임을
처음 알았다

슬픈 날의 일기 1

아무 말 하고 싶지 않다
그 누구도
만나고 싶지 않고
그 무엇도 하고 싶지 않고
그냥 그냥
우두커니 있는 그런 날

울고 싶어도
눈물이 안 나오고
웃고 싶어도
웃음이 안 나오는
그런 날보다
이러한 오늘이 더 고민이네

어떻게 기도하지?
어쩌면 좋지?

내내 궁리만 하다가
하루해가 가네

슬픈 날의 일기 2

밤새 나를 휘감던
검은 그림자 때문에
내내 불안했는데

아침에 일어나서
함께 살던 친구의
부고를 듣네

잠시 병원 가서
영양제도 맞고
몸을 추스르고 온다더니
꼭 돌아온다고 하더니
어디로 간 거니 지금은?

싸늘한 주검이 되어
돌아오면
어떻게 하니?

하얀 옷을 입고

입을 굳게 다문 채
누워 있는 너의 영원한 침묵을
아직은 받아들일 준비가
안 되어 있는데

머지않아 너는
하얀 뼈로 부서질 몸인데
부서지지 않는 영원한 사랑을
너는 그래도 믿으라고 할 거니? 친구야

떠난 벗에게

친구야 얼마나 쉬고 싶었으면
흔적도 없이 그렇게 부서져
하얀 가루가 되었느냐?
네 어여쁜 몸이
불가마 속에서 타오를 적에
겁이 많은 너는 얼마나 뜨거웠느냐?
혼자만 갑갑한 곳에 갇히어
얼마나 외로웠느냐?
나는 요즘
자주 보던 네 사진을 보지 않는다
항아리에 담겨서 들어간
너의 조그만 집에도 가지 않는다
그래도 어디선가 자꾸만
네 목소리가 들리고
네 웃음이 보이고
너는 늘 나와 같이 있구나
우리는 역시 죽어서도
단짝 친구구나
언젠가는 나도 너를 따라갈 거다, 친구야

그 비행기는

2014년 3월 8일
인도양 어딘가에
수심 삼사천 미터나 되는
깊은 바다에 추락한
말레이시아 항공 MH370 비행기엔
239명의 승객이 타고 있었다지

무방비 상태에서
비행기가 추락하는 그 순간
사람들은 얼마나 두렵고
얼마나 놀랐을까
지금은 어떤 모습이 된 걸까
시신도 못 찾아
오열하는 가족들을 보니
가슴이 미어지네
위로도 할 수 없네

잠을 자다가도
문득 눈이 떠지면

생각나는 사람들

깊은 물속에
깊은 슬픔으로 부서지고
가라앉은 사람들
이 시대의 희생자들
신이시여 살펴주소서

어떤 죽은 이의 말

안녕?
나는 지금 무덤 속에서
그대를 기억합니다

이리도 긴 잠을 자니
편하긴 하지만
땅속의 차가운 어둠이
종종 외롭네요

아직 하고 싶은 일도 많고
보고 싶은 이들도 많은데
이리 빨리 떠나오게 될 줄 몰랐지요
나의 떠남을 슬퍼하는 이들의
통곡 소리가 아직도 귀에 선해요

서둘러 오느라고
인사도 제대로 못해 미안합니다

꼭 한 번만 살 수 있는 세상

내가 다시 돌아갈 순 없지만
돌아간다면 더 멋지게 살 거라고
믿는 것도 나의 착각일 겁니다

내 하고 싶은 많은 말들
다 못하고 떠나왔으나
그래도 이 말만은 꼭 하고 싶어요

삶의 정원을
순간마다 충실히 가꾸라는 것
다른 사람의 말을 잘 새겨듣고
웬만한 일은 다 용서할 수 있는
넓은 사랑을 키워가라는 것

활활 타오르는 뜨거움은 아니라도 좋아요
그저 물과 같이 담백하고 은근한 우정을
세상에 사는 동안 잘 가꾸려 애쓰다 보면
어느새 큰 사랑이 된다는 것
오늘도 잊지 마세요. 그럼 다음에 또……

작별 인사
—임종 준비하는 이에게

이제
곧 이승을 떠나시려고요?

눈을 감고
입을 닫고
귀를 닫은 당신
아무리 크게 불러도
대답 없는 당신

마지막 인사를 하게
한 번이라도 눈을 떠보셔요

평소에 못한 사랑의 인사를
꼭 한 번은 하고
당신을 보내야 할 것 같은데

고통으로 일그러진 얼굴 앞에
한숨만 쉬는 내가
몹시 부끄럽네요

당신의 그 유쾌한 웃음소리

꽃과 나무에 대한 사랑

꼭 기억할게요

저를 아껴주시던 사랑도

잊지 않을게요

어느 임종자의 고백
—친구의 임종을 지키던 날

내 귀는 열려 있으나
지금은 다른 세계의 말을 듣고 있어요
그러니 제발 큰 소리로 날 부르지 말고
좀 조용히 해주셔요

내가 눈을 뜨고 있으나
이 세상 떠나기 전
그동안의 삶을 돌아보느라
수렴하는 나에게
제발 이쪽을 바라보라고
자꾸만 재촉하지 마셔요

어느 때보다 애절하게
외쳐대는 그대들의
사랑의 고백도
참회의 말도
마지막 선물로
잘 받아들일게요
저 나라에 들고 갈게요

그러니 지금은
너무 크게 한탄하지도 말고
울지도 말고
엄숙하게 조용하게 나를 보내주세요

그리 힘들었던
육신의 고통을 벗고
흰 나비로 날아가는 나를 축복해주세요

천사와 함께 마중 나오시는
그분을 뵈러 나는 지금
가고 있어요. 안녕. 안녕!

꿈 일기

생전에
그토록
주민등록증
건강보험증
통장을
보고 또 보며
열심히 챙기시던
나의 어머니

내가 아직
버리지 못한
어머니의 소장품을
그리움 속에
들여다보아서인가
아주 오랜만에
어머니가
꿈속에서 말씀하신다

'수녀

여긴 말이지
번호가 필요 없어
참 좋아
그냥 좋아
만날 때까지 안녕'

지상에서
외워야 할 번호들이
참 많은 나는
어머니의 나라를
부러워하다
잠이 깨었다

어머니의 기침 소리
그리운
아침의 평화

죽은 친구의 방문

하늘나라에 간
그리운 친구가
내 꿈에
처음 나타나서
뛸 듯이 기뻤는데
자꾸만 찾아오니
은근히 겁이 나네

'너의 집은 저긴데
여긴 왜 또 왔니?'
속으로 이렇게 말하며
내가 의아한 표정을 지으니
친구는 서운해하는 것 같았지

혹시라도 나를
그 나라에 초대할까 봐
나는 겁이 난 걸까
차마 물어보진 못했지만
다음에 또 오면

반갑게 웃어야지
손도 잡아주어야지

몸의 상처

내가 아기일 적에
엄마한테 젖 달라고 조르다가
화로의 뜨거운 물을 쏟아
화상을 입었지
왼쪽 겨드랑이의 흉터는
추억의 고운 훈장이 되어
아직도
엄마를 부르고 있네

초등학교 시절
운동장에서 노는데
나무 위에 올라갔던
어느 소년이 장난으로 던진
돌멩이 하나가 내 머리에 떨어져
피를 많이 흘리며
나는 울었지

세월이 지나도
그 상처는 아직도

아물지 않았는지
가끔 아프기도 하고
가렵기도 하고
겁먹은 표정으로
나를 바라보던
그 소년의 모습이
떠오르기도 하고

상처는 하나의
그리움이 되고
꽃이 되어
나를 행복하게 하네

너도 아프니?

너도 아프니?

감기 몸살기가
전신을 휘감아
뜨거운 물주머니 안고
누워 있는 오늘
새 한 마리 찾아와
나를 빤히 바라보는데
'너도 아프니?'
내가 말했다

내가 아프니
세상도 사람도
다 아파 보이네
그리 예쁘기만 한
꽃과 나무에게도
내가 묻는다
'너도 아프니?'

흘러야 산다

구름도 흐르고
물도 흐르고
시간도 흐르고

아픔도 흐르고
슬픔도 흐르고

흐르는 것은
다 아름답네

내 몸속의 피도
흘러야 하는데
제대로 흐르질 못하여
내가 아픈 것이라고
많이 움직이지 않아
더욱 아픈 것이라고
사람들이 말을 하네

그래서

나는 지금
꼼짝 못하고 누워서
우두커니 하늘만 보네

창밖으로
바람도 흐르고
구름도 흐르는데……

병상 일기

오늘은
약을 안 먹기로 한다

한 번쯤
안 먹으면 어때 하고
포기했다가
혼난 일이 있지만

그래도 오늘은
환자가 아니고 싶어
아무 약도 안 먹겠다는
무모한 결심을 해본다

겉으론 태연한 척하지만
약을 안 먹고 사는 이들이
요즘은 제일 부럽네
병원에 안 가도 되는 이들이
정말로 부럽네

그러나 이 한 번쯤이
너무 오래가면 안 되겠지
오늘 하루만
내가 나를 용서하기로 한다

아픈 날의 일기

몸이 아픈 그 순간부터
세상도 사람도
낯설기만 하다

나의 진정한 아픔은
아무도 모른다
알 수도 없다

그 무엇도 그 누구도
원망하면 안 되는 것 알지만
괜히 노엽고
괜히 서운하고
괜히 슬프고

그렇게 하루를 보내고 나면
내가 가엾고
주위 사람들에게 미안하고
그래서 눈물이 나네

아픔은 나를 전보다
철들게 하는 것도 사실이지만
가끔은
이상한 사람으로 만들기도 하네

환자의 편지

아픈 것이
축복이라고
때가 되면
내가 직접 말할 테니
그대가
앞질러 미리미리
강조하진 마세요

아픈 것도
섭리로 알고
신앙 안에서
잘 참아야 한다는 말도
너무 많이 하진 마세요

내가 처음으로 아프면서
처음으로 새롭게 다가온
위로라는 말
용서라는 말
기도라는 말

참으로 의미 있어
그 뜻을 되새김하고 있지만

아프면 아플수록
가벼운 말보다는
침묵이 더 좋아져요
가만히
음악을 듣고 싶어요
좋은 방법이 아니라지만
그냥 혼자서
숨고 싶을 때가 많아요

몸이 아프면
마음도 생각도
같이 아파져서
남몰래 울거든요
잠이 오지 않아
괴롭거든요
남의 말을 모두 다

겸손하고 순하게
사랑으로 듣기 위해선
용기를 키우는 시간이 필요해요
마음을 넓히는 시간이 필요해요

그러니 건강한 당신
나를 염려해주는 당신
지나친 사랑도
때론 약이 되질 못하니
아주 조금만 나를 내버려두면 안 될까요?
오늘도 많이 감사합니다
사랑의 잔소리를 사랑으로 듣지 못한
나의 잘못을 용서하세요
각자의 마음 아름답게 정리하여
환히 웃는 얼굴로
다시 만납시다, 우리

의사의 위로

"수녀님 글쎄 죽음에 대한 생각은
너무 많이 하지 말고 적당히 하시라니까요"

내 주치의가 웃으며 말을 한다

어디가 아프면
아픈 것이 해결될 때까진
늘 불안하고
기도도 안 된다고 푸념하니

"수녀님 그것은 환자로서
지극히 당연한 일이니까
참을성 없다고 너무 자책하지 말고
그것 땜에 걱정하지 마시라니까요"

그 말에 나는 큰 위로를 받고
활짝 웃었다
갑자기 편해졌다

병원에서

환자가 된 어느 날부터는
맥박 호흡 체온 혈압이
정상으로 나오는 걸
새롭게 자축하기로 했다

병원에서는
당연한 것이
당연한 것이 아님을
새롭게 배우게 되지

아무 일도 일어나지 않고
하루를 보내는 것이
얼마나 놀랍고
멋진 행복임을
누가 말 안 해도
스스로 깨닫게 되지

두 손 모아
아주 간절히 감사하고

기도하는 법을
배우게 되지

퇴원 후에

숨을 쉬는 것
걸어다니는 것
밥을 먹는 것

극히 평범하게 했던 일들을
내가 다시 할 수 있다는 것이
가장 큰 기적의 선물로
놀라움으로 다가오네요

내가 생시에도 아프고
꿈길에서도 아프고
그래서 죽음을 자주 생각한 것을
모르는 친지 이웃이
회복기에 있는 나를
웃으면서 축하해주니
낯설었던 세상이
조금 더 정다워지네요

입원 퇴원을 반복하는

환자들에게
지혜로운 인사말을 하기가
쉽지 않음을
나날이 절감하네요

가난한 기도

괜찮습니다
저는 괜찮습니다
저도 지금 많이 아프지만
사랑하는 그 사람이
더 이상
아프지 않게 해주셔요

제가 더 많이 아파서
그 사람이 아프지 않을 수 있다면
그에게 갈 아픔을
저에게 주셔요

제가 특별히 착해서가 아닙니다
세상 떠날 날이 얼마 안 남은
그의 마지막 고통을 지켜보는 일이
너무 힘들어요, 하느님
제발 도와주셔요, 하느님

아픈 날의 고백

누워도 불편하고
일어나도 불편하고
약을 먹어도 힘들고
안 먹어도 힘들고
안 아픈 데보다
아픈 데가 더 많아도
무어라고 딱히 표현할 순 없으니
딱한 생각이 들고
아무에게나 말을 할 수 없으니
또 한 번 안타깝고
나이 탓인가?
암세포 탓인가?
세상에 살아 있는 동안은
몸도 아프고 마음도 아프면서
하루하루를 견디는 것이겠지
세상은 눈물로 이어지는
하나의 강이 아닐까
기쁨 역시
눈물 속에 태어나는 선물인 거야

오늘은 내내 슬픈 생각만 하며
눈을 감았다 떴다……
웃지도 못하고 하루가 가네

암세포에 대한 푸념

약이 더 이상 말을 듣지 않았대요
글쎄 암세포가 정상 세포를 잡아먹는 바람에
이 친구는
견디다 못해서 죽은 거라구요

내 친구가 폐암으로 죽고 나서
사람들이 말했다

겉모양이 예쁜 암세포가
덜 예쁜 정상 세포더러
자꾸만 날 닮으라고
유혹한다잖아요
가짜가 진짜를 꼬시는 거지 뭐예요

재미있게 따라 웃다가
나는 슬며시
내 몸속의 세포들에게
손을 대고 말했다

애들아

이왕이면

서로 사이좋게 지내라

알았지?

아님 나한테 혼날 줄 알아

내가 외로울 땐

너는 네 말만 하고
나는 내 말만 하고

같은 장소
같은 시간에
대화를 시작해도
소통이 안 되는 벽을 느낄 때

꼭 나누고 싶어서
어떤 감동적인 이야길
옆 사람에게 전해도
아무런 반응이 없을 때

나는 아파서 견딜 수가 없는데
가장 가까운 이들이
그것도 못 참느냐는 눈길로
나를 무심히 바라볼 때

내가 진심으로 용서를 청하며

화해의 악수를 청해도
지금은 아니라면서
악수를 거절할 때

누군가 나를 험담한 말이
돌고 돌아서
나에게 도착했을 때

나는
어쩔 수 없이 외롭다
쓸쓸하고 쓸쓸해서
하늘만 본다

통증 단상

하늘은 푸른데
나는 아프다

꽃은 피는데
나는 시든다

사람들은 웃는데
나는 울고 있다

어디에 숨을 수도 없는
이내 들키고야 마는
오늘의 나

내가 아픈 것을
사람들이
보지 말았으면 좋겠다

그래도 아직
살아 있음을 기뻐하라고?

맞는 말인데
너무 아프니까
자꾸 눈을 감게 돼
옆 사람의 도움도 물리치게 돼

누구는 가슴이 아프고
누구는 머리가 아프고
또 누구는 장과 간이 아프고
누구는 뼈가 무너지듯 아프고
아픈 곳이 다르니
통증도 다른데
나중엔 약도 도움이 되질 못하지
그냥 힘들게 바라만 볼 뿐
그 누구도 아픈 이를
도와주질 못하지

이제
몇 사람은 먼저 세상을 떠났으니

얼마나 아팠느냐고
물어볼 수도 없네

그들을 생각하며
나는 또 눈을 감는다, 괴롭게!

어느 날의 단상 1

내 삶의 끝은
언제 어디서
어떤 모습으로 이루어질까
밤새 생각하다
잠이 들었다

아침에 눈을 뜨니
또 한 번 내가
살아 있는 세상!

아침이 열어준 문을 열고
사랑할 준비를 한다
죽음보다 강한
사랑의 승리자가 되어
다시는
죽음을 두려워하지 않을 수 있는
용기를 구하면서
지혜를 청하면서
나는 크게 웃어본다

밝게 노래하는 새처럼
가벼워진다

어느 날의 단상 2

약도 음식도
누워서 먹고……
누워 있는 시간이 늘어나면서
사람은 누운 채로
멀리멀리 가는 것이겠지
누가 아프다고 하면
죽었다고 하면
나도 같이 아프다
슬픔을 잊어보려고
사과 한 알을 먹는다
사과 안에 있는
햇빛, 바람, 시간도
함께 먹는다
무얼 먹는다고
슬픔이 사라지는 건 아니지만
그래도 조금은 힘이 생기니까
힘이 있어야
마음 놓고 슬픔 속에 빠져
울어볼 수도 있는 것이니까

의사의 기도

생명의 주님
오늘 하루도
저의 환자들을
잘 돌볼 수 있게 도와주십시오

환자와 보호자가 묻는 말에
그들이 기대하는
완전한 대답을 못하더라도
제가 할 수 있는 최선을 다해서
조금 더 친절하게
조금 더 따뜻하게 대할 수 있는
지혜와 인내와 용기를 주십시오

의사의 하루도
때로는 힘들고 피곤하다는 걸
다른 이들은 자주 잊어버립니다
그들은 저에게 슈퍼맨을 기대합니다
실은 저의 탓도 아닌데
상태가 나빠지면 따지려 들고

죽은 사람 살려내라 떼를 쓰면
매우 슬프고 당황스럽습니다

그래도 저는
치유의 손길로
생명을 살리는 일에
헌신하고 있고
많은 이를 살려낸 기쁨도 있으니
감사해야겠지요

아무나 갈 수 없는
의사의 길을
날마다 새롭게
떠나려 하오니
축복하여주십시오
당신 친히
사랑 가득한 치유의 손길로
저를 통해 환자들에게
새 힘을 주시고

치유해주시기를
겸허히 두 손 모아
기도드립니다

환자의 기도

주님
제가 아프기 전에는
당신을 소홀히 하다가
이렇게 환자가 되어서야
열심히 당신을 부르는 제 모습이
비겁하고 부끄럽고 염치없어
숨고 싶을 때가 많습니다

그래도 용서해주시리라 믿고
더 열심히 당신을 부릅니다
오직 당신께 매달릴 수밖에 없는
저의 나약하고 부서진 모습을
가엾이 여겨주십시오

전에는 느끼지 못했던
두려움, 불안, 고독이
밤낮으로 저를 휘감을 때면
저 자신이 낯설고
세상과 가족과 이웃도 낯설고

그래서 힘이 듭니다

하루가 시작되는 아침이 오면
또 하루를 어찌 견디나 힘겨워하고
하루를 마감하는 밤이 되면
잠을 설치며 또 다음 날 걱정하는
어리석은 저에게
다시 감사할 수 있는 용기를 주시고
다시 기뻐할 수 있는 지혜를 주시고
다시 기도할 수 있는 믿음을 주시고
저 자신을 받아들이는 인내를 주십시오

저를 담당하는 의사와 간호사들을
단순한 마음으로 신뢰하고
저를 돌보아주는 보호자인 가족과 간병인들에게
고마워하는 마음 잃지 않게 해주십시오
그래서 제가 아프기 전보다
더 겸손하게 사랑을 넓혀가는
성숙한 사람으로 거듭날 수 있도록 도와주십시오

간병인의 기도

주님
제가 돌보는 환자의 모습에서
당신을 볼 수 있게 하소서

그의 아픔을 저의 아픔으로 여기는
따스한 사랑과
그가 필요한 것을 부탁하기 전에
먼저 헤아려 도울 수 있는
민첩한 지혜를 주소서

때로 환자가 화를 내고
짜증을 내서 저를 힘들게 하더라도
인내할 수 있는 넓은 마음
연민의 마음을 지닌 위로자가 되게 하소서

환자가 하는 이야기를
끝까지 잘 들어주고
어떤 경우에도 함부로 말하지 않도록
도와주소서

의사와 환자 사이에
어떤 오해나 불협화음이 생기지 않도록
중간 역할을 잘할 수 있는
분별력을 주소서

자나 깨나 앉으나 서나
늘 기도를 멈추지 않는
치유의 협력자가 될 수 있도록
도움의 은총 베풀어주옵소서
저는 천사가 아니어도 좋으니
주님, 부디 저를 통하여 환자가
조금만 더 편하게 웃을 수 있고
더 나아가 당신을
전보다 많이 사랑하게 된다면
더 이상 바랄 것이 없겠습니다

마지막 편지

하느님
오늘은 제가
아주 많이 아픕니다
그래서 아무 말도 못하고
저의 생각들도
왔다 갔다
꿈인지 생시인지
혼미합니다

이 세상에 사는 동안
참 많은 꿈을 꾸었습니다
결국은 제가 당신께로 가기 위한
연습이었지요

이제 곧
당신을 뵈올 생각에
행복합니다
내내 눈을 감고
저만의 마지막 고통을 봉헌합니다

당신이 저의 꿈이었듯이
저 또한 당신의 꿈이 되고
한 송이 꽃이 되어
그 나라에 도착하고 싶습니다

저를 받아주시겠지요?

유언장을 쓰며

살아서 엄숙하게
유언장을 쓰는 이 아침
아픈 일도 없는데
침상에 눕고 싶네

갓 태어난 아가의
웃음을 닮은 햇빛이
나를 비추고
며칠 전 세상을 떠난
내 친구의 한숨 소리가
나의 삶을 다시 돌아보게 하고

내가 친필로
꾹꾹 눌러쓴 하얀 유언장이
나를 쳐다보며
지금은 그냥 그렇게
살아 있으라고 하네
정리를 다 마쳤으니
이젠 좀 편히 웃어도 된다면서!

시로 쓴 편지

사랑을 남기신 프란치스코 교황님께

순교자의 피와 눈물로
신앙의 꽃이 피고 열매가 자란
이 자그만 나라에 당신께서 오시어
축복의 기도로 함께해주신 시간들
감사하고 행복했습니다
당신이 계신 동안 온 나라는 따뜻했고
사람들은 평화롭고 정겨웠으며
잠시 근심도 잊고 마주 보며 웃었습니다

스치기만 하여도 평화가 느껴지시는 분
돌아서면 이내 다시 보고 싶어지는 그 미소가
그리움으로 이어지게 만드는 하느님의 사람
당신은 누구십니까
어찌 그리 많은 이들에게 빛이 되십니까
길 위에서 길이 되시고
집 밖에서 집이 되시어
이 세상 모든 이를 차별 없이 끌어안는
사랑과 치유의 예수님을 우리는 보았습니다
많이 사랑하면 당신처럼

우리도 눈이 맑아지나요?

많이 용서하면 당신처럼

웃지 않아도 웃는 얼굴이 되나요?

욕심과 이기심을 버리면 당신처럼

우리도 용기 있고 지혜로워지나요?

인생과 종교에 대해 아직도

묻고 싶은 것이 너무 많은데

당신은 이곳을 떠나십니다

죽음의 문화를 생명의 문화로

바꾸어야 한다고 강하게 말씀하셨지요

무관심의 세계화가 우리에게

남을 위해 우는 법을 빼앗아갔으니

진정으로 사랑하며 우는 법을

다시 배워야 한다고 하셨지요

사랑의 길에서도 늘 궁리만 많고

실천이 더딘 우리에게

앞으로 용기 있게 나아가라고 재촉하시는

프란치스코 교황님

우리도 당신처럼 모든 이의 벗이 되어 겸손하게
힘들어도 희망을 잃지 않고 기쁘게 살겠습니다
'평범한 비범함'의 멋진 영성을 지니신
당신께 대한 감탄과 존경을 우리는
일상의 삶에서 갈고닦는 노력을 하겠습니다
외롭고 아프고 슬픈 이들과 함께하겠습니다

남겨주신 모든 말씀 영혼의 양식으로 삼고
용서와 화해를 실천하는 평화의 도구 되도록
한국의 우리들을 기억해주십시오
그 넓은 기도의 품에 안아주십시오
성인들의 거룩한 통공 안에
우리도 당신을 더 자주 기억하겠습니다
4박 5일 동안 한국에서 함께해주신
아름다운 여정에 감사드리며
서운해도 행복한 이별 인사를 드립니다
부디 건강하십시오, 존경하는 교황님
부디 안녕히 가십시오, 사랑하온 교황님

2014. 8

키아라 루빅에게 바치는 추모 시

— 늘 함께 계신 님이시여

키아라 루빅,

맑고 깊고 고운 사랑의 님이시여

당신께서 홀연히 먼 길로 떠난

3년 전 3월의 그날

당신을 한 번도 만난 적은 없지만

당신을 사랑했던 많은 사람들과 함께

저도 슬프고 슬퍼서 펑펑 울었습니다

당신이 안 계신 이 세상이

어쩌나 허전하고 쓸쓸한지

말로는 다 표현할 길이 없어

눈물로 기도했습니다

예수님이 누구신지

참된 행복과 진리가 어디에 있는지를

삶으로 가르쳐주신 당신을

우리는 또 하나의 마리아

세기의 어머니라 불렀습니다

언제 어디서든지

거룩하게 사는 법을

마음의 보물을 찾는 법을
끊임없이 가르쳐준
당신의 영적인 지혜와 통찰력을
우리는 오늘도 그리워합니다

서로 다른 이념의 벽을 허물고
사람들 사이의 편견과 미움을 녹여주는
당신의 부드럽고 따스한 미소는
벽난로처럼 환하게
우리의 가슴속을 밝혀주고 있습니다

어떻게 당신을 잊을 수 있을까요
어떻게 당신께 감사할까요

당신을 닮고 싶은 사람들이
나날이 많아지는 이 세상을
흐뭇하게 내려다보실 당신을 생각하며
위로를 받고 행복한 오늘입니다

당신은 여기 안 계시지만
우리가 서로를 사랑할 적마다
성인의 통공 속에 현존하심을 믿습니다
우리가 어둠 속에 길을 잃었을 땐
언제나 길잡이가 되어주십니다
우리가 목마르고 답답할 땐
언제나 맑은 샘이 되어주십니다

'버림받은 예수님'과 친하면 친할수록
하늘이 더 가깝고
사람이 더 어여쁜
사랑의 신비를 묵상하면서
우리는 당신이 가르치신
일치의 영성을 열심히 살겠습니다
순간 속의 영원을 살며
항상 즉시 기쁘게 정진하겠습니다

새 하늘 새 땅 새 가정을 향한
뜨거운 열망으로

성인의 길을 걸을 수 있게
우리를 도와주십시오
키아라 루빅,
언제라도 부르면 빛으로 대답하는
넓고 깊고 고운 사랑의 님이시여
늘 함께 계신 님이시여

선종 3주기
2011. 3

단풍나무 숲의 보경에게

보경아 보경아 보경아
아빠가 한 번
엄마가 한 번
오빠가 한 번
다른 목소리의
같은 그리움으로
네 이름을 불러본다
우리 목소리 들리지?
너를 사랑하는 우리
결코 잊지 않았지?
다시 올 수 없는 곳으로
너는 떠났지만
우리는 너를 보내지 않았어
아니 보낼 수가 없어

우리가 함께 웃고
서로 사랑해야 할 시간들이
아직도 많이 남았는데
대체 무엇이 그 누가

우리를 갈라놓은 것일까
우리의 허락도 없이 인사도 없이
우리 곁을 떠난 네게
몹시 서운하지만 네 마음 아플까 봐
그렇게도 못하겠구나

우린 이제 그 누구를 원망하거나
미워하는 일도 너에게 미안해서
그냥 소리 없이 눈물만 흘린단다
안타까운 한숨만 쉰단다
네가 없는 이 세상은
너무 쓸쓸하고 허허로운데
너무 재미없어 웃을 일도 없는데
아무 일도 없다는 듯
세상은 그래도 돌아가고
사람들은 무심한 듯 제자리를 지키는 게
힘이 들어 적응이 안 되는
우리를 가엾이 여겨다오
아빠 엄마 오빠

하고 정답게 불러주겠니?
꿈에라도 한 번 웃어주겠니?
"사랑해요"라고
곱디고운 단풍잎 미소를 날려주겠니?

한 밥상에서 밥을 먹고
산책도 하고 음악도 듣고
정겨운 시간을 다시 가져보고 싶은 우리
너를 지켜주지 못한 자책감으로
하루하루가 힘들고 괴롭다
우리의 깊은 슬픔과
마르지 않는 눈물도
네가 조금씩 닦아주겠니?

우리의 아름다운
꿈이고 희망이고
보물이었던 보경아
너를 사랑한다

네가 세상에서
우리와 함께했던 시간들
우리의 기억 속에서 꽃이 된
네 웃음과 사랑과 기도
모두를 고마워한다
네가 준 행복을 잊지 않을게
네가 준 아픔과 슬픔도 용서할게

우리가 그 어느 날
영원한 빛과 평화 안에
다시 만날 때까지
너는 잘 쉬고 있으렴
너를 닮은 별과 같은
단풍나무 아래서
우리를 기다려다오
오늘도 빨간 단풍잎에
곱게 실어 보내는
우리의 사랑이
푸른 하늘을 향하여

승천하고 있구나

사계절 내내 깊은 그리움으로

우리를 기도하게 만드는

보경아 보경아 보경아

보경의 무덤에 다녀온 날
가족들의 마음을 대신하여
2012. 11

자살한 독자 진에게

눈부시게 햇빛 쏟아지는 날에는
늘 네 생각이 난다

너 스스로 목숨을 끊었다고
네 언니가
나에게 알려주었을 때

땅은 어둡고
하늘이 노랬다

나에게 전화라도
한 번 하지 그랬니
조금만 더 햇빛을
그리워하지 그랬니

고운 꽃 나에게 사오지 말고
네가 나에게 꽃이 되지 그랬니
향기 초를 나에게 사오지 말고
네가 타오르는 촛불이 되지 그랬니

할 말이 그리 많았던 네게
시간을 충분히 내주지 못해
미안한 내 마음

이제는 네 무덤에 가서
펼쳐야겠구나
아직도 못다 피운 꿈이 많았던
서른세 살의 너에게 내가 할 말은
무겁고 아픈 침묵밖엔 없구나

2014. 8

미리암 수녀님 영전에

우리가 수녀님을 멀리 떠나보낸 그날은
은빛 눈물처럼 비가 내렸습니다
하얀 매화 닮은 옷을 입고
님을 따라 걸어가는 뒷모습에도
살포시 봄비가 내렸습니다
"살다 보니 벌써 백 세가 되었네
몸은 힘들어도 마음은 천국이야"
하시던 이신숙 미리암 수녀님
수도공동체의 맏언니답게
굳건한 신앙, 탁 트인 직관력
풍부한 유머, 지혜로운 판단력으로
후배들을 먹이시고 입히시고
영성적으로 키워내는 뿌리 깊은
한 그루 느티나무로 한생을 사셨습니다
마침내 승리의 마침표를 찍고
서로 더욱 사랑하라는 말을
우리의 가슴에 보석으로 남기신
큰 수녀님, 어머니 수녀님
드릴 말씀이 너무 많아 드릴 말씀이 없는

우리의 가난해서 슬픈 마음도 알고 계시지요?

수녀님께서 좋아하신 노래의 표현처럼

사랑합니다, 너무 많이요

사랑합니다, 그것뿐이에요

그리고 고맙습니다, 이제 와 영원히!

그리운 미소를 향해 안녕! 이라고 두 손 모읍니다

2014. 3

시를 꽃피운 일상의 선물

또다시 새해가 밝았다. 아직 살아 있는 것을 새롭게 감사하며 하늘을 보고 땅을 보고 이웃을 보네. 갑자기 차가워진 날씨 때문인지 어제부터 추위가 안에서 밖으로 나오는 느낌. 밖에서 오는 추위보다 안에서 나오는 추위가 더 힘든 것 같다. 몸 안에 냉기가 가득한 것은 나도 어찌해볼 도리가 없어 이런저런 궁리를 해보지만 그냥 견디다 보면 또 따뜻한 계절이 올 것이니 희망을 가지자. 1. 1

새로운 책을 한 권씩 낼 적마다 나는 늘 긴장이 되고 부끄럽고 약간의 설렘도 있고, 그런 마음이다. 내가 다른 세상으로 건너간 후에도 글은 남아 있으리라 생각하면, 숙연해지기도 한다. 1. 17

돌아가신 박완서 선생님을 하루 종일 생각하고 또 생각했다. 계속 눈물이 난다. 선생님의 소박하고 정겨운 미소가 가득하다. 선생님에 대한 추모 글을 준비하니 당장 선생님이 보고 싶었다. 이렇게 빨리 가실 줄 알았으면 좀 더 자주 뵈올 것을, 편지도 좀 더 자주 드렸을 것을. 꿈에서라도 다시 뵙고 싶은 선생님, 사랑

합니다. 지상에서 제게 베풀어주신 사랑 감사드립니다. 1. 24

🌷

유키 구라모토의 피아노 음악, 플라시도 도밍고의 음악을 들어보라고 지인들이 보내주었는데 슬픈 와중에도 아주 조금은 위로가 되는 것 같네. 날씨가 조금은 풀린 것 같지만 아직도 찬 기운이 가득해 손발이 시렵다. 오전에는 세 시간 가까이 휴식을 취할 만큼 힘이 들었다. 꿈에서도 계속 쫓기거나 불안한 장면이 보였다. 몸과 마음을 잘 추슬러서 평정을 찾아야겠다. 나를 걱정해주는 분들을 위해서라도. 1. 29

🌷

오늘은 하늘이 어찌나 맑고 밝고 푸르게 투명한지. 눈물이 날 지경이었다. '아름다움의 극치'는 사람을 울게 만드는가. 다리를 다친 조그만 새 한 마리를 수녀님들이 돌보는데 어찌나 아련한지. 꼭 낫기를 바라는 마음이다. 병실 주방을 '누구라도 카페'라고 이름 지으며 즐거워했던 날. 2. 1

🌷

간밤 꿈에는 어머니를 뵙고 반가웠지. 힘이 없으면서도 우리랑 같은 식탁에서 식사하고 얘기하고 싶은 모습이셨다. 나는 어머니를 안으려고 애썼지. 오전엔 잠시 옆방의 다니엘 수녀님이 나에게 따로 기도를 해주었다. 근심, 걱정이 치유되고 마음이 순

화되는 그런 내용이었지. 수천수만 개의 길이 있어도 오직 내가 갈 길은 한마음의 그 길 예수께로 가는 길이라고, 그 길을 가기 위해서는 때로 시련과 상처도 잘 견디고 침묵 속에 삭혀야 됨을 알려주는 메시지였다. 4. 22

오전에는 꽃 이름을 부르며 정원을 한 바퀴 도는데 눈물이 나려 했다. 자목련, 라일락, 벚꽃, 모란꽃, 명자꽃, 보리수꽃, 수선화, 제비꽃, 냉이꽃, 영산홍, 진달래, 꽃잔디, 동백꽃, 사과꽃, 그리고 또…… 4. 23

낮에는 해가 좋고 밤에는 창틈으로 들어오는 달빛이 하도 밝아 절로 미소가 떠오르는 요즘. 삶에 대한 감사, 내 주변 사람에 대한 감사, 그리고 공동체에 대한 감사, 달빛으로 쏟아진다. 5. 18

오늘은 대충 우편물을 정리하고 내가 나에게 말한다. '좀 쉬도록 하세요. 천천히 서두르지 말고…… 알았지요? 바쁨 속에도 여유를 지니세요. 여기는 수도원입니다. 그대가 늘 지상낙원이라고 여기며 사는.' 내가 자리를 비운 사이 아름다운 책들도 많이 와 있다. 천천히 읽어야지. 언덕길을 오르는데 갑자기 고모님과 어머님의 모습이 눈에 보이는 것 같고. 두 분이 다정히 산책하시

는 것 같은 아름다운 환영이 내 눈시울을 뜨겁게 했다. 6. 18

오늘도 나에게 오는 편지들은 너무도 다양해서 감당이 안 되니 정말로 기도가 필요하다.

'주님, 수많은 부탁을 감당 못하는 저에게 자비를 베푸소서. 주님, 제가 힘들더라도 푸념하지 않고 사람들에게 연민의 정을 잃지 않는 수도자가 될 수 있게 도와주소서.' 9. 21

2012년

간밤에 눈이 와서 미사를 큰 성당 아닌 기도실에서 드렸다. 오랜만에 멋진 설경을 보니 반갑고 기쁘다. 꿈에는 동생 로사, 어머니 그리고 다른 교우들과 같이 성지순례를 하는 아름다운 장면들이 이어져서 행복하였지. 꿈은 현실이 아닌 세계지만 어떤 장면들은 매우 선명하게 날아와 기쁨도 되고, 슬픔도 된다. 오늘 점심엔 김미자(데레사) 님 모녀를 초대해서 수녀원 샤부샤부로 식사를 하고, 저녁엔 떡국으로 간단히. 나는 내일 병원 갈 준비를 한다. 힘들지만 즐겁게! 1. 25

겨울답지 않게 포근한 날씨. 머지않아 매화가 필 것 같은 그런 날들. 며칠간 먼 곳으로 출장을 다녀오면 우편물 정리에도 시간이 걸린다. 먹을 것을 보내준 분들에겐 고맙다는 메시지도 남겨야 한다. 누가 나 대신 해줄 수 있으면 좋겠다고 생각했다가도 내가 할 수 있음을 고마워하는 마음으로 바꾸어간다. 무엇이나 다 마음먹기에 달려 있으니까. 1. 28

아침에 주방을 거쳐 식당으로 가는데 수녀들 몇 명이 창밖 바닷가 쪽을 가리킨다. 태양이 바다에 잠긴 듯이 붉은빛을 퍼뜨리

며 서서히 떠오르는 그 모습은 무어라고 표현하기 힘들 정도로 황홀하고도 아름다웠다. 언제 다시 볼 수 있을지 내일도 기대해 볼까. 아침 식사를 마치고 나오니 해는 벌써 하늘 높이 떠 있었지. 영인문학관에 보낼 고 박완서 선생님 자료를 부치기 위해 우체국에 다녀오는 길, 날씨가 추웠다. 1. 30

〈부산 이야기〉라는 잡지와 이메일 인터뷰를 하면서 새삼 부산과의 인연을 생각하게 된다. 수영구 광안2동 110번지에서 주소가 광안4동 1278번지로 바뀌고 이번에 다시 수영구 수영로 497번길 20(광안동)으로 바뀌고, 숫자 변화가 많았다. 엊그제 강론을 한 송창현 신부님의 말대로, 세월이 가도 수녀원 성당은 너무도 소박한 모습 그대로 있지만 성당 안에서는 새로운 역사(입회식, 수련 착복식, 첫 서원식, 종신 서원식 등)가 이루어졌다. "오래된 새로움"이라는 그분의 말이 내 마음에도 깊은 감동을 주었다. 부산은 나에게 제2의 고향임에 틀림없다. 2. 1

침방의 책들과 잡동사니들을 정리하고 비워내는 일을 하는데 생각보다 쉽지 않네. 평소에 잘해야 되는 것을 계속 미루기만 하다가 갑자기 하려니 더 힘든 것 같다. 식탁 수녀들과 간식을 먹고 '민들레방'에서 차를 마시며 작은 기쁨, 작은 행복의 향기에 젖어보았다. 함께 사는 이들에게서 느끼는 무언의 친밀감. 이것

이 무엇보다 귀한 선물임을 믿는다. 3. 1

　오늘은 하루 종일 비가 내리네. 비에 젖은 매화가 꽃향기를 풍기네. 이어령, 강인숙 선생님의 따님이 위암 말기로 투병하다 세상을 떠났다는 기사가 신문에 났다. 얼마 전에도 TV에 나온 모습을 보았고, 고인이 쓴 책도 일부러 구해 읽었는데.

　요즘은 의미심장한 꿈을 많이 꾸게 되어 다 적어놓고 싶은 심정이지만, 꿈에 집착하는 것도 안 좋은 것 같아 일단은 무심한 척 흘려버리려고 노력한다. 꿈이 나를 종종 철들게 하고 키워주는 느낌이 드는 것은 왜일까. 나의 꿈에게 감사하다. 3. 16

　아침에 치과에 가서 임시 치아를 하나 하는 데 약 한 시간 정도 걸렸다. 마취를 하고 나면 아프진 않아도 이상한 느낌. 치아가 튼튼한 이들이 제일 부러운 요즘이다. 오늘은 활짝 갠 날씨. 바람, 흰 구름, 볕을 가까이 느낄 수 있는 날. 아름다운 자연을 보며 음악을 들으면 문득문득 눈물이 나곤 한다. 먼저 세상 떠나신 수녀님들과 내 어머니가 더 많이 생각나던 날. 오늘 자 중앙일보에 나간 암 투병 기사를 보고 지인들이 문자를 보내온다.
3. 24

내가 자리에 없는 동안 '민들레방' 꽃밭에 히아신스, 장미, 그리고 말체리나 수녀님이 성 라자로 마을에서 보냈다는 복수초가 가득 피어 있어 얼마나 아름다운지. 정성껏 심어주신 이냐시아 수녀님께 감사를 전했다. 수선화, 제비꽃, 민들레, 살구꽃, 진달래도 어느새 활짝 피어 있는 모습을 보니 마구 가슴이 뛸 정도로 기쁘고 설렌다. 봄이여, 생명의 봄이여. 3월은 참 빨리도 지나갔네. 3월의 바람이 아직은 차고 춥다. 바람 속에 웃는 꽃들이 얼마나 예쁜지. 꽃들을 보면 내 전 존재가 웃음으로 출렁인다. 3. 31

오늘 듣는 수난복음은 독서가들이 잔잔하게 읽는데도 유난히 더 슬퍼서 눈물이 났다. 박기선 선생으로부터 주경은 님의 시모님 조효성 님의 선종 소식을 들었다. 치매로 투병하기 전까진 내게 편지도 자주 해주신 멋쟁이 할머니였는데. 그리고 오늘은 또 예수회 채준호 신부님의 갑작스런 사망 소식을 들으니 믿기지 않고 정신이 없네. 어찌 이리도 가까이 죽음이 많은지! 슬퍼할 겨를도 없이 슬픔이 포개지는 오늘. 나는 정말 할 말이 없네. 4. 1

오후 5시 발 씻김 예식을 하는데 처음부터 눈물이 났다. 발 씻김 대상, 명단을 보는 그 순간부터. 저녁 식당에선 총원장, 본

원장, 당가, 수련장 수녀님 등이 복사를 하는데 맛있는 메뉴들이 하도 많이 나와 우리는 "맛있다" "미안하다" 하며 먹었지. 오늘따라 옆 사람들이 더욱 사랑스럽게 보인다. 4. 5

아무래도 무거운 분위기가 계속되어 나는 총원장 수녀님께 청하고 앞에 나가 시 두 편을 읽으며 웃음을 선물하였다. 여기저기 영산홍이 많이 피어나고 있네. 꽃들은 내게 언제라도 멈추지 않고 말을 걸어오네. 서로 다른 의견을 말하더라도 행여 다른 이의 마음이 다칠까 봐 조심하고 또 조심하는 우리 수녀님들의 모습 또한 때를 잘 아는 고운 꽃들을 닮았네. 4. 19

첫 서원 기념일(44주년)이라고 꽃다발도 세 개나 받음.

어제 오늘 사이 세 번이나 크게 넘어지는 위험에서 정신 바짝 차리고 자세를 바로 했지. 가로등이 없으니 컴컴한 잔디밭에서, 언덕방 앞 층계에서, 한번은 글방에서 앞으로 쓰러지곤 했다. 어찌나 아슬아슬하던지.

나의 동기인 리디아 수녀님의 모친(노데레사)이 선종하시어 망미동 성당에서 연도하고 와서 좀 쉬려고 하는데 손님 두 분이 갑작스레 방문해 잠시 만났고, 고 요세파 수녀님의 친척들이 방문했다가 글방에 들러서 맞이해주고, 이젠 끝났나 보다 하니 또 두 분이 신부님 만나고 가는 길에 혹시나 하고 수녀원에 왔다기

에 친절하게 맞이했다.

손님을 환대하는 일이 늘 쉬운 것은 아니지만 시간과 마음을 내서 사랑을 전하면 이 또한 '복음 선포'임을 갈수록 더 믿게 된다. 5. 23

침방에서 글방으로 오며 가며 꽃과 나무들을 관찰하는 즐거움. 벌써 매실, 살구 열매, 보리수 열매도 눈에 띄니 계절의 변화를 실감하며 신기해한다. 꽃이 죽어서 키워낸 열매를 보니 갑자기 즐거움이 용솟음친다. 〈밀알 하나가 땅에 떨어져〉 성가를 유난히 좋아하시던 내 엄마 생각도 간절한 요즘이다. 5. 30

지구센터에서 피정자들 미사에 나도 참여하고 오전에는 박보경 양의 엄마를 면담하고 점심 후 2시 37분 기차를 타고 서울로 왔다. 같은 반 친구가 자살한 후 한 달 만에 같은 방법으로 죽음의 길을 간 고1 여고생의 엄마에게 나는 무슨 말을 할 수 있을까. 기막힌 슬픔에 눈물부터 흘리는 그 앞에서 나는 속수무책이지만 그래도 보경이 남긴 글들을 읽어보고 사진도 들여다보며 나 나름대로의 위로 메시지를 전하려고 애를 쓴다. 엄마 같은 마음, 큰언니 같은 마음으로 보경 엄마를 꼭 안아주고 신자도 아닌 그에게 팔찌 묵주도 건네주고는 헤어졌다. 6. 6

오후 5시 30분 기차로 부산에 왔다. 방 안에 들어서는 순간 부터 피곤이 몰려온다. 이번에 내려오면서 엄마가 쓰시던 지팡 이도 갖고 왔다. 엄마의 체취가 스며 있을 지팡이를 앞으로 나도 종종 사용하게 될 것이다. 마음이 이름처럼 순결하고 맑았던 '순 옥' 엄마를 닮아 나도 순하게 맑게 살아야지. 6. 11

병원 심전도실에서 가슴에 심장 측정기를 달고 오니 여러 가 지로 불편하지만 즐겁게 적응하기로 한다. 예전에 오빠가 몸에 부착하고 있는 것도 '그런 게 있나 보다' 하고 무심히 보았는데 24시간의 기록을 보는 것이라 했다. 병원에 갈 때마다 다른 환 자들을 보면 다들 안쓰럽고 말이라도 걸고 싶고, 연민의 정이 차오르곤 한다.

아프더라도 남을 도울 수는 있을 만큼만 아프면 좋겠다. 담백 하고 단순한 절제의 삶을 식생활에서도 일상생활에서도 꾸준 히 실천해야겠다. 당장 살기 위해서라도! 다급하니까 성모상 앞 에서, 성 요셉상 앞에서 기도가 절로 나왔다. 6. 26

4층에 있는 성당에 가서 수녀님들의 공동 아침기도 소리를 들으니 어찌나 반가운지. 새벽 6시 미사에 참석하니 기분이 좋

다. 간밤엔 중간에 한 번도 깨지 않고 잠을 잤지. 클레멘스 수녀님이 오면서 가르멜 수녀원에서 준 오이, 양배추, 하귤을 갖고 왔는데 고운 냅킨으로 싸고 또 싸고 거기에 쪽지를 붙였다. "이거 내 몫으로 받은 것인데 맛보라고. 누구에게 주지 말고!" 나는 살짝 웃음이 나왔다. 귀여운 언니. 80세의 연세에도 어쩌면 그리 아이 마음일까. 천진한 그대로! 6. 29

삶이란 하루하루 견디어내는 것인데, 환자는 순간순간 아픔을 견디어야 한다. 주일 미사는 9시. 흙길을 걸으며 꽃과 나무를 가까이하며 산책하니 기쁨이 솟았다. 오후엔 10층 완화의료센터를 둘러보고, 기도실에서 기도를 했다. 마리스텔라 수녀님과 같이 앞산도 한 바퀴 도니 땀이 많이 났다. 아침은 혼자서 먹고, 점심 저녁은 831호에 내려가 박정희(엘리자벳) 자매랑 같이 먹기로 하였다.

올해도 벌써 반년이나 지났네. 아니 올해도 아직 반년이나 남았네라고 해야지. 「꽃 시간에게」 「떠난 이에게」 「아픈 날의 일기」 등 시를 정리했다. 좀 어떠냐고, 먹고 싶은 것 없느냐는 총원장 수녀님 전화를 받으니 대접을 따로 안 받아도 든든한 마음이다. 7. 1

약 기운 때문인지는 몰라도 계속 나른하고 졸린 상태가 계속되니 정신마저 몽롱한 것 같다. 깨어 있도록 내가 나를 길들여

야겠다. 서울에서 보내준 커다란 꽃묶음이 어찌나 곱고 화려한
지 절로 마음이 밝아진다. "쾌유를 빈다"는 메모와 함께 안개꽃,
헬레니움, 알스트로에메리아 들이 내 앞에서 춤을 추는 것만 같
았다. 꽃은 늘 존재 자체로 큰 기쁨 준다는 것을 아프니까 더욱
체험하게 된다. 7. 5

활짝 피었던 꽃들도 많이 시들었네. 내가 글방에 둔 꼬마 백
일홍 두 송이는 열흘이 다 되어도 시들지 않고 방긋 웃고 있어
나를 기쁘게 하네. 본원 광안리 수녀원이 나에겐 늘 새로운 집
이고 작은 낙원이고 시의 산실이며 만남의 장소다. 수십 년 전
우울증에 시달리며 세 번이나 자살을 시도했다는 분이 내 편지
답장에 힘을 얻고 살았는데 큰아들은 지금 교도소에 가 있다며
또다시 힘겨운 삶의 고통을 이야기해오네. 다행히 살레시오회의
인도로 아들은 세례를 받았다는 소식도 전해주니 언젠가 답을
해야겠지. 7. 22

미국 콜로라도의 어느 극장에서 발생한 총기 난사 사건으로 수
십 명이 죽고, 통영의 열 살짜리 초등학생을 성폭행하려던 40대
이웃집 남자가 무참히 그 아이를 살해하고, 홀로 제주 올레길을
걷던 여성이 잔인한 방법으로 살해되는 등 이 여름은 온통 끔찍
한 사건들로 가득하네. "어쩌면 좋아"라는 말밖엔 나오질 않는

다. 딸 가진 부모가 마음 놓고 사는 세상이 되게 해달라고 신문, 방송마다 안타까운 울부짖음이 가득하다.

서울 성모병원 외과 과장님과 통화하니 7월 19일에 받은 검사도 결과가 괜찮게 나왔다고 한다. 그런데 같은 의사에게 같은 수술을 한 텔런트 김자옥 님은 폐로 암이 전이되어 수술하고 다시 항암치료 중이라니 마음이 안 좋다. 7. 24

분홍 면 손수건을 목에 감으시라고 미리암 수녀님께 드렸더니 반가워하시며 "그동안 보고 싶었는데" 하신다. 얼마 전 방에서 넘어져서 얼굴에 멍이 많이 든 만 98세의 수녀님. 조용히 느긋하게 대화를 하면 좋았을 텐데 나는 일을 핑계로 서둘러 헤어지며 나 자신의 '여유 없음'을 잠시 탓했으나 그냥 목적지로 갔다. 우리 살아 있는 동안에 서로서로 더 많은 시간을 갖고 이야기도 나누어야 하는데. 늘 후회하면서도 자기중심적으로 행동하곤 한다. 9. 19

오늘은 모든 성인의 축일. 식당에서 말씀 뽑기를 했는데 성녀 소화데레사의 말씀을 뽑아서 기뻤다. 완덕에 이르기 위해서는 순명해야 한다는……. 내가 늘 산책을 하는 공원에 가니 키 작은 패랭이꽃들이 지천으로 피어 있어 나를 기쁘게 한다. 내가 좋아하는 11월. 떨어지는 느티나무 잎사귀들을 본다. 나의 지상

에서의 날들도 한 잎 두 잎 떨어지고 있다. 그래도 슬프지 않은
이 은혜로운 시간. 11. 1

쓰레기를 버리러 갔다가 빨랫줄에 널려 있는 무청, 한데 엮인
시래기 잎새들을 보니 애잔한 마음. 무들은 다 떠나보내고 푸른
잎만 남아서, 서로에게 엮여서 겸손을 실습하고 있네. 11. 5

월동 준비를 시작해야 하는 때. 우리 집 주방은 그 어느 때보
다 바쁘다. 사람들이 '눈물 인형' 같다는 생각이 들어 눈물이 핑
돌던 날. 내가 마음을 써야 할 곳이 너무 많은 것을 기뻐하기로
하자. 이기심으로 들어갈 여지를 조금이라도 줄여주는 것을 감
사해야 한다. 11. 10

1. 내가 원하는 것을 하고 살걸.
2. 사랑하는 사람과 시간을 보낼걸.
3. 내 감정에 충실하며 살걸.
4. 일 좀 덜할걸.
죽기 전 후회할 일 순위가 적힌 오늘 자 기사를 본다. 순간순
간 최선을 다하는 삶을 살도록 은총을 구하자. 아름다운 구슬
을 꿰는 마음으로 나의 시간들을 아껴 써야지. 11. 11

꿈에 작은고모도 보이고 작은엄마도 보였다. 이승을 떠나신 친척들이 아주 다정하게 말을 거는 꿈을 꾸니 마음이 좀 이상하다. 옛날 자료실 복도 서가에 한 개만 남겨두었던 편지 자료집을 다 정리하고 나니 얼마나 홀가분한지 모른다. 어느 책 안에서 낡은 봉투가 하나 떨어지기에 보니 2009년 돌아가신 박데레사 수녀님이 1987년도에 내게 길게 쓴 편지가 들어 있어 매우 반가웠다. 얼마나 다정하게 솔직하게 영성적으로 쓰셨는지…… 문득 수녀님이 보고 싶다. 11. 19

'꽃구름'이라는 나무 팻말이 붙어 있던 우리 글방 앞의 꽃밭에서 모든 것을 다 치우니 흙만 남아 있네. 내년에도 분꽃은 피어나야 내가 쓸쓸하지 않을 텐데. 비어 있는 나무, 비어 있는 꽃밭, 비어 있는 방. 모두가 나에게 비우라고 말을 한다. 어서 조용히 예쁘게, 겸손하게 떠날 준비를 하라고. 11. 20

오늘은 사소한 '애덕의 실천'이 주는 즐거움이 크다. 내가 조금만 신경 쓰고 깨어 있으면 도울 수 있는 일들이 참 많기도 하다. 치과 치료를 받아 죽을 먹어야 되는 수녀님 위해 죽을 먹을 수 있는 기회를 제공하고, 동생이나 조카가 결혼을 하니 예쁜 덕

담을 써달라고 하면 부탁한 것보다 더 곱게 써주고. 그런 일들이 기쁘다. 11. 21

바깥 날씨는 너무 추운데 그래도 침방에 들어오면 포근하고 따스하니 얼마나 고마운지. 오래되어 낡은 옷들이 다 해어지니 기워야만 입을 수 있는데 바느질방에 수리 청구서를 내었더니 기술적으로 기워서 소매가 새것처럼 되었으나 전체적으로는 표시가 많이 난다. 헌옷을, 낡은 옷을 입는 편안함으로 여생을 보내고 싶다. 12. 4

2013년

마음을 고요히 하고 주님의 좋으심에 맛 들이는 시간. 내가 또다시 살아서 연피정에 참가할 수 있음을 새로운 기쁨으로 받아들이자. 2013년 한 해를 피정으로 여기며 안팎으로 더욱 새로워지길 바란다. 내가 나에게. 1.6

마을 성당에서 10시 미사. 낯익은 지인들이 미사 후에 내게 다가와 반갑다고 인사를 한다. 내 마음엔 잔잔한 평화가 흐른다. 어떤 경우에도 흔들림 없는 뿌리 끝은 나무의 평화를 안고 살 수 있는 은총을 구한다. 그래서 여생을 행복하게 살고 싶다. 1.20

햇살 따스하게 비추는 내 조그만 방. 이 방에서 나는 얼마나 많은 생각을 하고 많은 글을 쓰고 (더러는 아프기도 했으나) 많은 기도를 했는가. 이 방을 나는 사랑한다. 1.27

성녀 스콜라스티카 축일이 어제 설 때문에 밀려나서 오늘 지내고 있는데 내 몸이 쉬어달라고 눕고 싶다고 한다. 혈압이 다시 높아지고 있으니 조심을 해야 하는데. 읽어야 할 책들도 너무 많

고, 편지를 포함해 써야 할 글들도 너무 많고, 예약된 강의들과 만남들은 조절을 한다 해도 사이사이 들어 있다. 때로는 부담의 무게가 짓누를 때도 있으나 아침에 떠오르는 해를 바라보면서 오히려 감사하게 된다. '제가 아직 살아 있음을 새롭게 감사합니다. 해야 할 일들이 있음도 새롭게 감사합니다.' 2. 11

오늘은 김수환(스테파노) 추기경님 4주기. 그분의 따스하고 편안한 미소가 그리워진다. 지도자의 위치에 있으면서도 다른 이를 편안하게 해주는 이들은 생각보다 그리 많지는 않은 것 같다. 2. 16

간밤엔 내 어머니에 대한 꿈을 꾸었다. 내가 길을 물어 찾아간 곳이 엄마 이름을 딴 '순옥 상회'인데 다른 할머니 두 분과 사무실 겸 침실로 쓰는 것 같고 어머니는 평온한 표정으로 책상 앞에 앉아 계셨지. 깨고 나니 어찌나 엄마가 그리운지 당장 만나고 싶은 마음 가득했다. 나는 꿈의 내용을 잊을까 봐 동생에게 문자로 적어 보냈다. 엄마라는 존재는 영원한 것인가. 돌아가신 엄마가 다만 며칠이라도 다시 살아올 수 있다면 좋겠다는 이야길 친지들과 나누다가 그들과 함께 눈물 글썽이며 행복해하는 그리움의 인간들. 2. 18

시 전집 총 목차를 대충 세어보니 시가 900~1000편 사이 되는 것 같았다. 지난 30여 년간 퍽도 많은 노래들을 가슴속에서 뽑아낸 나. 내게 남은 날들을 더 많이 감사하며 살아야지. 기쁘게 살아야지. "행복하다" "행복하다" 나직이 노래하면 행복이 더 확실한 모습으로 나를 안아준다. 3. 26

오늘은 무겁고 조용한 날. 십자가 경배 등 모든 예절에 내 몸이 어쩌나 힘이 드는지. 앞으로도 계속 힘든 일만 남았으리라 생각하면 조금 우울해진다. '마음이여 밝아져라!' 주문해야지. 장미보다 더 곱게 핀 분홍빛 동백꽃을 보면서 웃어보는 마음. 3. 29

오늘 하루는 종일 눕고 싶을 만큼 내 몸 상태가 예전 같질 않고 검사 후유증이 심리적으로 부담을 주는 것 같다. 약 한 시간 걸린다는 검사가 예정보다 길어졌고(대장에 폴립이 여러 개 생겨 떼어내는 작업을 하느라) 몇 개는 조직 검사가 필요하다고 하였다. 수면을 해서 긴 잠을 잔 것인지 다 끝나고 나니 5시 10분 전이었다. '살기 위해서는 더 많이 아파야 하고 더 많이 참아야 하는구나'를 새삼 깨닫는 시간들이었다. 4. 30

아침에 새 소리를 들으니 문득 시를 쓰고 싶은 마음. 쓰고 싶다는 마음이 드는 것 자체로 나는 행복하다. 5. 22

우리 수녀원 입구의 목백합나무를 예사로 보고 다녔는데(꽃들이 하도 꼭대기에 있어서) 꽃 한 송이가 땅에 떨어진 걸 들고 와서 하루 종일 곁에 두고 그 아름다움을 감상하였다. 연두색과 주황색의 절묘한 조화. 세련된 꽃술, 등처럼 생긴 모양. 늘 가까이 두고도 그 아름다움을 모르고 있었네. 꽃에게서도 사람들에게서도 아름다움은 계속 재발견되는 것임을 다시 알겠네. 5. 24

새들의 소리를 들으며 잠이 깰 때, 꽃밭에 날아다니는 흰색, 노란색, 황금색 나비를 볼 때, 푸른 하늘의 흰 구름을 볼 때, 나뭇잎을 스치는 바람 소리를 들을 때, 내 가슴은 고요히 기쁘게 뛴다. 설렘의 행복!

오후엔 고 박완서 선생님의 따님이 와서 한참 이야기하다 갔다. 언덕방 1호실을 보며 어머니에 대한 그리움에 눈물 글썽이기도 하면서. 7. 23

온몸에 열이 나고 땀이 나고 얼굴은 붓고 도무지 안정을 취할 수가 없네. 글방 앞 꽃밭에 물을 주면서 비를 그리워한다. 중부지방엔 비가 넘치게 오고 남부지방엔 하나도 오지 않아 가뭄에 목이 타고 정말 고르지도 못하네.

채송화, 봉숭아, 분꽃, 그리고 백일홍이 가득한 나의 꽃밭을 나는 나날이 더 사랑한다. 8. 10

8월에 영명축일 맞는 수녀님들 위해 조그만 카드를 미리 쓰고 부채에 좋은 글귀도 적어두고, 이런 것들이 내게 잔잔한 기쁨을 준다. 큰일들에 밀려서 가려지기 쉬운 조그만 애덕, 조그만 기쁨을 키워가는 것이 행복이 아닐까. 나는 늘 숙제가 많지만, 이러한 숙제도 의무보다는 사랑을 조금이라도 넣어서 하면 삶의 빛깔이 달라진다. 8. 11

호랑나비, 흰나비, 노랑나비가 자주 찾아오는 나의 꽃밭. 나는 오늘 노랑나비 한 마리가 계속 내 곁을 따라오는 길에서 느낀 것을 한 편의 시로 적었다. 시상이 떠오를 때면 마음속에 환한 불이 켜지는 느낌! 8. 25

간밤엔 달이 너무 밝아서 잠을 잘 수 없었다. 그래도 애써 밝은 모습을 지니려 노력하면서 식탁에선 웃음을 유발하는 대화를 많이 하였지. 오늘은 내 마음이 착잡하니 송편을 먹어도 즐겁지를 않구나. 모든 일은 마음의 빛깔에 영향을 받는구나. 그래도 내일 영명축일을 맞는 후배 수녀님들에게 줄 소소한 선물을 준비하면서 마음에 평화를 심었다. 9. 19

요즘은 곳곳에 만리향의 향기가 가득하다. 오늘부터 사흘간은 먼 길 떠날 채비를 해야지. 내 마음은 지금 고요하고 차분하다. 그 어느 때보다도. 간밤에 총원장 수녀님을 만나 이야기 나눈 것도 참작하여 나는 앞으로 더 고요하고 성실하게 내실을 다져야겠다. 어떤 경우에도 평상심을 잃지 않도록 순간순간 깨어사는 지혜를 구해야겠다. 10. 5

비행기 안에서 보낸 길고 긴 시간들. 하늘 위에 있는 시간들은 긴장도 주지만 멋진 기쁨도 준다. 낯선 이들을 바라보는 신기함도 있다. 다행히 일행이 있어 오며 가며 서로 챙겨주기도 하고 침묵 속의 기도 안에 함께하기도 했다. 여행은 사람을 넉넉하고 너그럽게 해주는 마법이 있는 것 같다. 10. 30

역시 집은 얼마나 편안하고도 좋은 곳인지. 한없이 잠이 쏟아지는 것을 보면. 무사히 돌아올 수 있었음을 감사드리면서 다시 있는 자리에서 일상으로 돌아가야지. 늘 보던 이들을 새롭게 사랑해야지. 10. 31

오늘부터 동복 착용. 미사 후 나는 묘지에 가지 못했다. 감기로 인한 기침이 멎지 않아 오늘도 괴로웠다. 더구나 점심 먹으러 식당에 가려는데 혈압이 높이 솟구치는 것을 느껴 재보았더니 180이 되어 안정을 취하고 오후엔 쉬기로 했다. 간호수녀님 도움을 받으니 지난해에 응급실에 갔던 기억도 떠올랐다. 그동안 너무 잘 먹어서 몸무게도 2킬로그램 늘어났고, 운동도 부족했고, 피곤이 뭉치고 정신을 쓰다 보니 다시 이런 현상이 오는 것인지. 아무튼 오늘은 덜컥 겁이 나고 불안하였지. 언제 어찌 될지 모르니 의식이 있을 때 삶에 최선을 다해야 함을 다시 깨닫고 실천에 옮겨야 한다. 11. 2

옆방 쟌다크 수녀님이 낙엽 세 장을 오려서 밑에 흰 종이를 대고 '환영'이라 쓰고 웃는 얼굴도 만들어 벽에 붙인 후 고운 국화도 몇 송이 꽂아두었네. 5번 식탁의 아우들도 내가 앉는 자리

에 꽃을 꽂아둔다. 다들 고맙고, 아름다운 이들이다.

시차 적응이 잘 안 되는 탓인지 잠이 오질 않아 새벽에 일어나 이것저것 가방 정리를 하고 빨래 내려 세탁실에도 가고 움직여본다. 성당 게시판에는 부음 공문이 붙어 있는데 의정부관구 성가 소비녀회 53세 되는 수녀님이 선종했다는 소식. 죽음에는 순서가 없음을 요즘은 더 자주자주 배우게 된다. 폐암으로 투병 중인 친구, 최모데스타 수녀님도 다시 방사선 치료를 시작한다고 하니 걱정이 된다. 11. 3

오늘, 살아 계시면 축일을 맞았을 신보옥(데오도라) 수녀님 생각이 많이 난다. 수녀님의 남동생, 올케, 조카 손자가 묘지를 방문하고 내 글방에 들렀기에 친절히 맞아주었다. 그들은 내게 진영 단감을 갖고 왔다. 오늘따라 스티브 잡스의 연설문을 읽고 싶어 다시 찾아보았다. 특히 위령의 달 11월에 하는 강의에 꼭 다시 묵상하면서 인용하고 싶은 구절이다.

"세 번째는 죽음에 관한 것입니다. 열일곱 살 때, 이런 경구를 읽은 적이 있습니다. '하루하루를 인생의 마지막 날처럼 산다면, 언젠가는 바른길에 서 있을 것이다.' 이 글에 감명받은 저는 그 후 쉰 살이 되도록 매일 아침 거울을 보면서 자신에게 묻곤 했습니다. 오늘이 내 인생의 마지막 날이라면, 지금 하려고 하는 일을 할 것인가? 아니오! 라는 답이 계속 나온다면, 다른 것을 해야 한다는 걸 깨달았습니다. 인생의 중요한 순간마다 곧 죽을

지도 모른다는 사실을 명심하는 것이 저에게는 가장 중요한 도구가 됩니다. 왜냐구요? 외부의 기대, 각종 자부심과 자만심, 수치스러움과 실패에 대한 두려움들은 죽음을 직면해서는 모두 떨어져나가고, 오직 진실로 중요한 것들만이 남기 때문입니다. 죽음을 생각하는 것은 무엇을 잃을지도 모른다는 두려움에서 벗어나는 최고의 길입니다. 여러분들이 지금 모두 잃어버린 상태라면, 더 이상 잃을 것도 없기에 본능에 충실할 수밖에 없습니다." 11. 9

　요즘은 피곤한 것보다는 조금 더 다른 종류의 불편함이 나를 힘들게 한다. 단적으로 설명을 할 수 없는, 정의를 할 수 없는 통증과 미열. 특히 오른쪽 전체가 자유롭지 못하니 은근히 걱정이 된다.

　바로 오늘은 베네딕다 수녀님이 새벽에 세상을 떠나신 날. 레나타 수녀님과 내가 그분에게 밤에 배를 한 조각 깎아드리고 새벽을 맞았는데 스르르 눈을 감고 저세상으로 가셨다. 우리는 당황하여 "수녀님, 안녕히 가세요!"라고 했다. 그날은 물론 대답이 없으셨으나 분명히 들으셨을 거라고 믿는다. 오래전 우리 집에서 예비수녀로 살았던 김영희(엘리사벳) 자매가 베네딕다 수녀님의 묘지를 방문하며 나를 찾기에 아주 오랜만에 만나 이런저런 이야길 나누고 가족들의 근황도 전해 들었다. 수녀원 나간 것을 후회하지는 않지만 "이곳만큼 좋은 곳은 또 없는 것 같다"고 그

는 말했다. 11. 14

1945. 1. 20 출생, 1969. 5. 25 첫 서원, 1977. 2. 2 종신서원, 2013. 11. 26 선종.

새벽 5시 13분, 알람 소리를 들었는데 잠시 후에 창밖에서 조종 소리가 들려 얼마나 놀랐는지! 짐작은 하였으나 모데스타 수녀님이 세상을 떠난 것이었다. 밤중과 새벽에 준비를 해두었는지 성당 옆에는 어느새 빈소가 차려져 있었다. 어제 오전에 보던 그 모습과는 달리 퍽도 평온한 모습으로 누워 있는 친구. 얼굴과 손을 만져보니 차갑기만 한데……

'잘해주지 못해 미안해.'

'잘 참아주어서 고마워.'

슬픔 속에 연도를 바치는데, 한편으로는 그가 부럽다. 11. 26

서울 쪽엔 첫눈이 왔다지. 이곳엔 바람이 많이 부네. 오늘 오전 9시. 입관예절을 하는데 마음이 이상했다. 자리가 비좁아 들어오지 말라고 인원을 제한했지만 꼭 들어가고 싶어서 들어갔다. 오후엔 친구들이 빈소를 다녀갔다. 한 친구가 세상을 떠났어도 우리는 평상시와 같이 밥을 먹고 웃고 이야기하고, 달라진 게 별로 없다. 11. 27

날씨가 흐리다. 며칠 동안 마음이 안 좋아 색연필을 깎아보고 조가비에 글귀도 적어보고 내 시가 적힌 달력을 오래 보기도 하고 시를 쓸까 싶어 종이를 꺼내도 생각이 정리되지 않는다. 괜히 어질어질하기도 하니 이것은 심리 상태에서 오는 것인가 싶다.

오전 10시 30분. 여덟 명의 사제, 교우들, 우리 수녀들로 성당 안은 꽉 찼고, 엄숙하고 아름다운 미사 안에 내 친구 수녀는 떠났다. 화장터에 가기 위해 버스 안에 관을 넣는데 어찌나 눈물이 나던지. 미사를 집전한 엠마누엘 수사 신부님의 강론도, 최안젤라 수녀님의 조사도, 조카 신부님의 인사말도, 총원장 수녀님의 인사말도 다 차분하고 좋았다. 그러나 나는 나대로 글을 한 편 적어서 〈빛둘레〉에 싣든지 그냥 갖고 있든지 해야겠다. 너무 힘이 들어 봉안식에는 일부러 참석하지 않고 침방에 있었다.

길 떠난 친구에게

사랑하는 내 50년 지기의 벗 성심수녀님
하얀 장미를 닮은 새 옷을 입고
예수님의 성심 안으로 성심이 되어 들어간
예쁜 친구 정든 친구 모데스타 수녀님
하늘이 푸르고 단풍이 곱게 물든 그날
그대가 도착한 그 나라는 어때요?

떠나기 몇 시간 전 내가 병원으로 갔을 때

어딘가 먼 곳을 응시하던 그 표정에서

이미 영원한 이별을 예감하며 눈물이 났습니다

신앙 안에서 의연히 봉헌하려 애쓰지만

이곳에 남아 있는 나의 슬픔은

하얀 뼈로 곱게 타지도 못하고

벗이 묻힌 땅속으로 들어가지도 못하고

자꾸만 바람 속을 서성이고 있어요

악과 어둠의 그늘이 빠져나간 것 같다고

맑은 눈으로 고백하던 벗과 함께

나도 하늘로 승천하는 꿈을 꿉니다

하느님의 자비 안에서 편히 쉬세요

여기서 서운했던 일 잘못한 일 다 잊고 용서하고

오직 사랑받은 일, 사랑한 일들만 기억하며 행복하세요

수녀님이 내 친구여서 참 고마웠습니다. 안녕히! 11. 28

　세상을 떠난 모데스타 수녀님의 유품을 몇 개 들고 왔는데 다른 수녀님들이 그의 사진들도 내게 들고 와서 보여준다. 일단은 다 받아두었지. 자꾸자꾸 생각이 나는 그. 도저히 잊을 수는 없을 것 같다.

　오늘은 부산 성모병원 자원봉사자들이 피정집에서 9시에 미사를 시작해 아가페 수녀님이 강의를 했고, 나는 낮기도에 가기

전 13분 정도 시 낭송과 덕담을 하고 점심도 봉사자들과 같이 먹었다. "지난해보다는 얼굴이 더 좋아 보이세요. 꼭 건강하셔야 됩니다." 다들 한마디씩 나를 격려해주었지. 마음이 열려 있고 소박하고 따뜻한 교우들 덕분에 교회의 모든 일이 잘되는 것 같다. 12. 5

성탄 우편물들을 차분히 앉아서 읽을 여유도 없네. 오늘은 두 편의 시를 쓸 수 있어 행복했지. 앞으로도 종종 시를 쓸 수 있는 행복은 내가 살아 있는 한 계속되겠지. 12. 20

해는 오늘도 아름답게 떠오르고, 나는 살아 있네. 시 전집 두 권이 출간되어 도착했으나 나는 왠지 쓸쓸하다. 누가 곁에서 축하의 표현을 해주는 이도 없어서일까. 새삼스런 일도 아닌데 의기소침하지 않고 의연하게 씩씩하게 대처해야지. 다들 성탄 준비로 바쁜데 나는 이제 성탄 밤 시를 따로 준비하지 않아도 되니 이 또한 편안하다. 일선에서 물러서는 일의 고요하고 애틋한 마음을 이젠 나도 절감하는 노년의 나이가 된 것이다. 12. 21

정리하지 못한 서류들, 문구류들, 아직도 다 읽지 못한 우편물들 등등 내 방은 이것저것 널려 있어 어지럽다. 언제 한번 속

시원하게 정리가 끝날 것인지. 암 환자는 때때로 규정할 수 없는 아픔을 느낀다더니 요즘의 내가 그렇다. 그 누구도 이해할 수 없는, 도저히 설명이 불가능한 몸의 어떤 통증, 마음의 어둠이 나를 감싸고 있어 누워도 해결이 안 되고 어떻게 해볼 수가 없는 답답함. 12. 30

2014년

해마다 입춘이 되면 나는 시를 쓰고 싶지. 봄이 시간 속에 웃으며 내게 말을 걸어오지. 생각은 부드럽게 말씨는 말랑말랑하게 그리고 더 기쁘게 살아가자고! 간밤 꿈에 엄마를 보아 오늘은 더욱 행복하다. 일터에 나가는 엄마를 붙들고 나는 쉬시라며 울었지. 늘 우리 위해 밥상을 차려주고 옷을 만들어주고 방 정리를 해주고 기도를 쉬지 않던 엄마의 모습을 기억하는 것만으로도 행복하다. 나도 누군가의 기쁨이 되고 행복이 되어야 하지 않을까. 엄마는 내 인생의 가장 큰 그리움이고, 사랑의 집이다.
2. 4

드디어 앞 정원의 매화가 꽃 문을 열어주니 얼마나 기쁜지. 꽃을 보며 듣는 새 소리는 나에게 늘 천국을 느끼게 한다. '머지않아 그대도 꽃을 피우겠지요?' 하면서 내가 좋아하는 살구꽃나무를 올려다본다. 2. 17

1914년생, 우리 공동체의 맏언니가 이제는 맥박, 호흡도 곤란해져 눈을 감고 입을 벌리고 힘겹게 누워 계신다. 수녀들은 옆에서 묵주기도를 바친다. 오늘 날씨는 오랜만에 맑고 밝고 투명한

데 아픈 이들에겐 하늘도 바다도 공기도 다 아픔으로 다가오겠지. 2.27

오늘은 어찌나 날씨가 투명하고 화창한지. 완연한 봄인데 간간이 부는 바람에서도 꽃향기가 나는 것 같았다. 인천에서 맨드라미 꽃씨를 보내준 독자에게도 고마운 마음을 전하고 싶다. 누가 편지 봉투 안에 꽃씨를 넣어 보내면 꼭 엄마가 생각난다. 내 엄마도 자주자주 편지 안에 꽃씨를 넣어 보내셨지. 3.3

아침 묵상 시간, 묵주기도 시간, 하루 네 번 성무일도 시간. 식사 시간, 체조 시간에 충실히 나갈 것을 '결심'해야 하다니. 그동안 내가 얼마나 나태했으면 당연이 해야 할 것에 대해서도 '참석을 하면' 인사를 들어야 하는지. 너무도 부끄러웠다. 환자로 사는 동안, 힘든 것을 핑계로 나 자신에게 너무 많은 관용을 스스로 준 것 같다. 좀 더 깨어 있고, 분발해야지.

생활고로 자살하는 이들 이야기, 현대판 고려장 이야기, 영토 분쟁 이야기, 전쟁 이야기 등등 신문에는 어두운 이야기로 가득하다. '기쁨방' 식구인 김영희(데오필라) 수녀님이 입원을 했는데 폐렴 증세가 심해 병자성사도 받았다는 알림 사항을 들으니 몹시 걱정이 된다. 3.6

오늘 주일미사 중에 김영희(데오필라) 수녀님이 선종했다는 소식을 아침 식사 뒤 본원장 수녀님이 알려주었다. 너무도 빨리 닥친 일이라서 원장수녀님도 눈물을 보이고 나도 그만 창가에 서서 큰 소리로 울음을 터뜨리고 말았다. 지원자 시절에도 내가 제일 먼저 만났고 같이 살면서 깊은 얘기는 따로 못 나누었으나 같은 담화방 식구로서 정이 많이 들었는데……. 며칠 전 기침이 심하고 잘 먹지를 못해 영양제라도 맞아야 한다며 슬그머니 입원을 했기에 우리는 다 그가 다시 돌아오길 기다렸는데……. 폐렴 판정을 받고 종부성사도 보았다는 말을 들은 지도 얼마 안 되어 그는 영영 먼 길로 떠나고 말았네. 아직도 할 일이 많은데! 3.9

오늘은 바람 불고 비도 많이 내린다. 데오필라 수녀님 삼우 미사인데 묘지에는 못 가고 미사 후에 연도를 함께했다. 유품을 복도에 진열해두니 마음이 이상하다. 나는 사진을 찍어 수녀님의 동생에게 보내주었다. 오늘 저녁은 총원장 손레오 수녀님이 특별히 마음을 써서 현재 본원에 사는 암 환자 찔레꽃 수녀님들과 같이 했다. 3. 13

오늘은 내 입회 기념일—뜻깊은 날. 그래서 그런가 간밤 꿈에
는 지난해 저세상으로 간 친구가 나타나서 천국에서 만든 것이
라며 간식도 주고, 많은 이야기를 기쁘게 나누다가 잠이 깨었다.
죽은 이는 말이 없다던데 어찌나 다정하던지. 꿈에서 깨고 나서
도 기분이 좋았다. 그가 나를 초대하는 것 같기도 하고. 그날이
언제인지 모르지만……. 그의 출현은 요즘 계속 죽음 묵상을 하
며 조금 우울해 있던 내게 밝은 빛을 던져주었다. 3. 27

　오늘은 「수도원 복도에서」라는 시를 써보았다. 쓰면서 행복했
지. 지금은 벚꽃이 한창이라 남천동 아파트 단지, 황령산 뒷길을
잠시 니콜라 수녀님과 다녀왔다. '꽃은 흩어지고 그리움은 모이
고……' 내 시집의 제목이 떠오르기도 했지. 장영희의 책, 김미라
의 책, 이스라엘 동화책 등 세 권의 신간에 대한 추천 글을 써서
내 숙제를 완료했다. 멀리 안 나가도 꽃구경 집에서 하자며 오늘
점심 후엔 주방의 후밀리아 수녀님과 같이 해인글방 입구에서
햇볕을 받으며 벚꽃, 수선화, 자목련, 튤립, 민들레, 제비꽃 등등
꽃 이야기, 사람 이야기를 나누었지. 3. 31

　오늘부터 본격적으로 맡은 숙제(글쓰기)를 해야겠다 싶어서

글방에 내려가던 중, 문득 로사리오 정원으로 가니 성모상 앞에 웬 여인들 셋이 앉아 기도를 바치고 있었다. 나를 알아본 자매가 인사를 해서 보니 서울 광장동 성당 교우들이고 한 분은 전시회 때문에 왔다고 했다. 내가 '민들레방'에서 차 대접을 하고 선물을 주며 나눔의 시간을 가지니(낮기도까지 바치도록 안내!) 어찌나 기뻐하던지 이들을 '성 목요일 여인들'이라 별칭 지어주고 기회 되면 다시 보기로 하였다. 4. 17

엊그제 일어난 세월호 대형 참사. 승객 476명, 사망자 29명, 실종자 273명. 교사들 중엔 제자들을 먼저 구하려다가 목숨을 잃은 이도 있었다. 반면 자기 먼저 살자고 승객인 척 위장해 제일 먼저 빠져나간 선장과 일부 선원들은 지탄받아 마땅하다. 수학여행을 추진했다는 단원고 교감은 구조되었으나 "미안하다"며 자살을 하고 살아남은 아이들은 죄책감에 시달리고……. 정말 기막힌 일이네. 4. 18

이번 부활절은 마음 놓고 웃을 수가 없네. 차가운 바닷물 속에서 죽어간 학생들과 죽음보다 더한 고통을 맛보는 유족들의 모습을 지켜보는 우리도 괴롭네. 참으로 슬프고 잔인한 이 4월, 그래도 우리는 예수님을 붙들고 "어떻게 좀 해보십시오!"라고 함께 슬퍼할 뿐, 아무 할 말도 찾지 못하네. 몸속의 슬픔, 몸속의

겨울. Lumen Christi! 오늘의 촛불은 세월호에 탔던 이들을 위하여⋯⋯. 4. 19

오늘은 교황 요한 23세와 요한 바오로 2세가 함께 시성되신 날. 다른 수녀님들은 영화를 보는데 나는 이미 보았으므로 동기인 비안네, 마리엘라 수녀님, 그리고 같은 층에 사는 큰 언니, 이냐시아 수녀님을 모시고 다시 한 번 해운대문화회관 전시장에 가서 작품을 보고 왔다. 예비 수녀 시절 교황 요한 23세의 『영혼의 일기』를 얼마나 감명 깊게 읽었던가. 요한 바오로 2세는 1989년에 여의도에서 직접 뵙기도 했고, 이분의 희곡이 연극으로 올려진 것을 보러 가기도 했다. 두 분을 기억하며 나도 거룩함에 대한 열망을 새롭게 하자. 4. 27

4월의 마지막 날. 아침부터 비가 내리네. 우체국에 가서 독일 효정에게 책을 보냈다. 이냐시아 수녀님과 꽃밭을 둘러보며 내가 받은 화분의 꽃들을 어디에 심을까 의논하면서 잠시 설레는 마음이었지. 여객선 세월호의 희생자는 205명으로 늘고 실종자는 97명. 나라 전체가 초상집이다. 4. 30

같이 사는 수녀님들이 내게 일부러 찾아와서 가끔 덕담을 해

주는 일이 있다. "우리 집에 그래도 지원자가 많은 것은 수녀님 덕분이라고 생각해요." "오늘 월피정을 하면서 첫사랑의 하느님을 기억하게 해준 수녀님의 시집 『내 혼에 불을 놓아』가 생각났죠. 그래서 감사하고 싶었어요. 새삼스럽게." 안에서는 별로 기대를 안 해서인가 후배 수녀님들의 이런저런 구체적 표현들이 나에게 기쁨과 격려가 된다. 미국에서 온 여중 친구들이 수녀원을 방문했다. 옛 추억을 많이 이야기하였지. 5. 26

어느새 안 정원의 태산목이 짙은 향기를 풍기며 활짝 피어 있네. 여름에나 필 꽃들이 벌써부터 다투어 피고 있으니 갑자기 더워진 날씨 때문일 것이다. 하얀 나비 두 마리가 계속 나를 따라와서 기뻤던 날. 내가 꽃이 된 기분이었네. 오늘부터 한 달간 종신서원 예정자들, 은경축 예정자들은 피정에 들어갔고, 저녁 식사 후엔 팽목항 다녀온 수녀님들에게서 슬픈 이야기를 전해 들었다. 6. 1

아침부터 투표소에 가서 투표를 했다. 오늘은 서효경(M. 스텔라) 수녀님과 같이 가르멜 수녀원의 언니를 보러 가기로 했는데 그 수녀님이 허리를 다쳐서 봉사자 미카엘라 자매님과 같이 다녀왔다. 수녀원에서 점심을 먹고, 언니를 면담하고 집에 오니 오후 4시가 넘었지. 마당에 핀 나리꽃이 하도 예뻐서 한 뿌리 가져

왔다. 어느새 살구가 익어서 떨어진 걸 열두 개나 주워서 더러 먹기도 했지. 6. 4

어제는 오전에 성모병원에 가서 약을 탔고 저녁엔 문화 특강에 참여했다. 오랜만에 듣는 김용택 시인의 정겹고 친근하고 구수한 이야기를 청중들은 좋아하였다. 나는 행사 마무리 즈음 잠시 나가 김선생님의 짧은 시 세 편을 이어서 낭송하며 인사했다.

땅에 떨어진 살구와 자두를 번갈아 먹는 나의 기쁨. 나무들이 모두 우리 방 근방에 있어 먼저 줍는 특권을 누리는 것이리라. 6. 12

요즘은 나의 꿈도 맑고 곱고 평화롭다. 아침마다 식당에서 듣는 프란치스코 교황님의 '복음의 기쁨'은 얼마나 좋은지. 두고두고 인생의 지침서·교과서로 삼고 되새김해 읽어야겠다.

자두나무에 자두가 빨갛게 달린 것을 보니 절로 웃음이 나네. 주교회의 성서 사도직 상임회의에 왔던 친척 서효경 수녀님이 동료들과 잠시 들러 글방 사진을 찍고 갔지. 6. 14

테제 공동체 설립자인 로제 수사님의 전기가 나오는데 내게 추천 글을 부탁해 오늘은 초안을 잡아두고 내일쯤 정리해서 보

내려고 한다. 우리 교황님 떠나시고 나를 포함해 온 국민이 '교황님 앓이'를 하는 것 같네. 로마로 가신 지 하루 만에 조카 일가족이 큰 사고를 당한 기사를 보니 마음이 아프다. 내가 쓴 동아일보의 고별 시를 다들 좋다고 하니 기뻤다. 누군가 대충 번역하여 교황님이 직접 보시면 얼마나 좋을까 생각해본다. 8. 21

힘이 들 때 먹는 포도 한 알, 복숭아 한 조각이 얼마나 고마운지. 가끔은 아이스크림이나 얼음물도 그러하고.

1. 순례자의 영성
2. 시간을 사랑하는 영성
3. 평상심의 영성
4. 판단 보류의 영성
5. 기쁨 발견의 영성

일단은 이 다섯 가지 제목을 정해 오는 11월 서울 주보에 나갈 글을 묵상, 정리하기 시작한다. 8. 25

오늘 오후 5시 기차로 부산에 내려왔다. 차 안에서 신문을 보다가 묵주기도를 하다가 내내 졸았지. 부산역에 내리면 고향에 온 것 같은 느낌. 바다가 있는 부산은 나에게 제2의 고향이 아닐 수 없다. 여기서 나는 나의 삶을 마무리하겠지. 9. 2

오늘도 비가 내리네. 추석이라고 여기저기서 들어오는 한과, 과일 세트, 선물들을 일단 다 본원장실로 올려 보내기로 한다. 내 뜻대로 처리하는 것은 수도자의 가난 정신에 위배되는 것임을 알면서도 그간 어느 땐 보고도 안 하고 그냥 내 마음대로 처리한 적이 많았다.

신문엔 온통 안 좋은 소식들, 어두운 뉴스만 가득하다. 빗길에 교통사고로 목숨을 잃은 이들, 전쟁터에서 인질로 잡혀 목숨을 잃은 기자들, 평화라곤 없어 보이는 이 세상에서 우리가 할 일은 무엇인가. 9. 3

어디서부터 정리를 해야 할까. 언젠가는 이 지상에서 멀고 먼 나라로 이사를 갈 텐데. 누가 대신 정리하며 큰 부담을 안지 않도록 내가 할 수 있을 때 정리를 해야지.

침방, 글방, 민들레방 순으로 천천히 즐겁게 기도하는 마음으로 정리를 하자. 9. 4

간밤에 또 혈압약을 먹지 않아 생긴 부작용으로 거의 죽음을 맛보았다. 어찌나 힘이 드는지 이마에도 상처가 생기고 머리를 하도 쥐어뜯어서 부스럼까지 생기고 말았지. 혈압 문제로 쓰러

지는 일이 벌써 네 번째. 나는 왜 약 먹는 일에도 온전히 충실하지 못하는 것일까. 오후의 약속들도 다 취소하고 오늘은 일단 안정을 취하기로 했다. 종일 침방에 누워 있다 저녁 식사에만 겨우 나갔다. 주변 정리를 더 확실하게 해야겠다는 생각이 들었지. 9. 9

아무 일도 없다는 듯이 그렇게 하루하루를 넘길 수 있는 것이 행복이고 기적임을 다시 알게 되는 요즘. 하루 30분만이라도 걷지 않으면 안 되는 이유를 자료로 보내주는 후배 돌로로사 수녀님과 동기 말체리나 수녀님에게 고마운 마음. 식탁의 수녀님들도 사랑의 잔소리가 날로 심해지는 것이 내겐 그저 고마울 따름이다.

간밤 꿈에는 내가 꼭 타야 할 기차가 먼저 떠나서 안타까워하는 중에 동료들이 애원을 해서 기차가 중간에 서고 내가 겨우 올라타고 떠나는 장면. 깨어나서도 한참을 생각했다. 안정제를 먹고부터 꿈의 빛깔도 조금 달라지는 것 같기도 하다. 오늘부터 18일까지 계속 교육. 9. 15

다시 먹기 시작한 진정제 때문인가. 오늘은 왜 이리 졸린지. 성당에서 성체조배 중에는 코 고는 소리까지 내며 졸다가 깜짝 놀라서 깼다. 내가 원치 않는 나의 모습을 마주할 땐 매우 실망스럽지만 어쩔 수가 없네. 무슨 일로 저기압인 동료 수녀님을 위

해 오늘 아침엔 모닝커피도 절제하면서 '그가 나를 향해 한 번 웃어주면 좋겠다'는 지향을 가졌는데 바로 몇 시간 후에 이루어져 얼마나 기뻤는지! 역시 작은 희생과 절제를 곁들인 기도는 더욱 힘이 있는 것이구나 생각한 날이었다. 9. 27

오늘은 마음먹고 '민들레방'에서 밀린 답장을 썼다. 특히 아픈 사람들에게. 몸도 마음도 아픈 이들에게 나는 갈수록 더(모든 이들에게도 가족 같은 우애를 지니고) 연민의 정을 느낀다. 정신적인 도움이라도 주고 싶은 마음이다. 이런 마음을 지닌 것에 새삼 고마운 마음. 10. 19

가을이 하는 말을 나는 다 알아들을 수 있을까. 저 푸른 하늘이 나에게 하는 말을 나는 생전에 다 들을 수 있는 것일까. 이 가을은 나에게 너무도 맑고, 깊고, 높고, 넓다. 10. 26

'제일 먼저 신고를 하고도 희생된 최덕하 군을 생각하면 정말 마음이 아프네요. 덕하 어머니, 황지현 양의 소식을 들으며 가족들은 또 한 번의 죽음 같은 슬픔을 느끼겠지요? 새벽에 문득 그대 생각이 나는군요. 남은 아홉 명의 시신이라도 다 찾게 되길 기도하는 마음으로 지금 성당에 갑니다.'

나는 오늘 덕하 엄마, 사라 자매에게 문자를 보냈다.

'수녀님 뵙게 되어 너무 감사하고 기뻤어요. 제 삶이 이렇게 만들어질 줄 정말 몰랐어요. 아픔 넘어 계신 주님을 만났고 새로 주신 도화지에 새로운 그림 그리며 살아가겠습니다. 예쁜 수녀님 감사드립니다.'

지난번 부산에 다녀가며 내게 첫 문자로 반가움을 표현했던 덕하 엄마는 우리 수녀들이 일하는 안산 와동성당의 교우다.

멋진 경호원이 되고 싶다는 꿈을 지녔던 덕하(요한)의 엄마가 내 문자를 받고 보낸 답은 오늘도 나를 감동시킨다.

'네. 감사합니다. 애타는 기다림 끝에 만난 아이의 시신을 안은 어미의 마음은 찾았다는 기쁨에 죽음의 슬픔을 넘어 희망에 가깝습니다. 남은 모든 아이들의 부모가 그 희망의 끈을 잡고 있지요. 단풍들이 예쁘네요. 어떤 이들은 슬프고 어떤 이들은 기쁘고, 그러나 변하지 않는 것은 그분의 사랑과 자연의 아름다움인가 봐요. 아름다운 가을 수녀님도 행복하세요.'

내가 슬픈 시를 몇 편 보내니 이렇게 답이 왔다.

'수녀님이 보내주신, 제 마음에 필요한 글들 너무 마음에 들어요. 이 생명도 나누어 줄 수 있는 것이라면 필요한 사람에게 주고 싶어요. 그런 후에 난 바람이 되어 사랑하는 내 아들 곁으로 날아가 영원히 함께하겠지요. 수녀님! 제게 이런 삶을 주신 주님께 슬픔이 깊지만 감사드려요. 더 많이 더 깊이 그분과 함께할 수 있기 때문이지요. 언젠가 뵈올 주님과 아들 생각하며 오늘도 걸어갑니다……' 10. 30